My Youth Romanthic Comedy is
Wrong as I Expected.

やはり俺の青春ラブコメはまちがっている。結

My youth romantic comedy is wrong as I expected.

登場人物【character】

Yui's story 2

比企谷八幡【ひきがや-はちまん】……高校二年生。奉仕部部員。性格がひねくれている。

由比ヶ浜結衣【ゆいがはま-ゆい】……奉仕部部員。八幡のクラスメイト。周りの顔色を窺いがち。

雪ノ下雪乃【ゆきのした-ゆきの】……奉仕部部長。完璧主義者。

折本かおり【おりもと-かおり】……海浜総合高校に通う。高校二年生。八幡と同じ中学だった。

戸塚彩加【とつか-さいか】……テニス部。とても可愛いが男子。

平塚 静【ひらつか-しずか】……国語教師。生活指導担当。

比企谷小町【ひきがや-こまち】……八幡の妹。中学三年生。

雪ノ下陽乃【ゆきのした-はるの】……雪乃の姉。大学生。

葉山隼人【はやま-はやと】……八幡のクラスメイト。人気者でサッカー部。

戸部 翔【とべ-かける】……八幡のクラスメイト。葉山グループのお調子者。

一色いろは【いっしき-いろは】……高校一年生。生徒会長でサッカー部マネージャー。

design: numata rina

interlude

ヘッドホンから、知らない誰かが作ったプレイリストがずっと流れていた。

昔から使ってる勉強机に付けられたスタンドライトはちょっとくたびれていて、だらりとやる気なさげに頭を下げている。

ちかちか点滅するのがまるで眠い目をこする時の誰かみたい。

そのスタンドをペンの頭でちょんって小突いて位置を調整すると、スタンドはやれやれって一度大きく伸びをして、またちょっとだけ頭を下げる。

それを見て、あたしは仕方ないなぁって笑ってしまう。

猫背のスタンドにぼんやり照らされているのは、買ったばかりの日記帳。

真っ白いページに、少しずつ、少しずつ、言葉を刻む。

食べたものとか、見た動画とか、ＬＩＮＥのやりとりとか、やる気のないくたびれたスタンドのこととか。

思い出したこととか、思いついたこととか、思ってても言えないこととか。

一ページ全部にびっしり字を書くなんて、普段全然やらないから、中指の爪の横がすごい疲れた。

なんとか文字を埋めて、これでようやく七ページ目。

新記録だ。

今までも日記をつけたことはあったけど、疲れてたりとか、寝ちゃってたりとか、出かけてたりとかで、あんまり続かなかった。それで結局、後で慌てて何日分か思い出しながらまとめて書いてみるけど、それっきり……みたいなことばっかりだった。

別に、あたしの毎日がつまらないってわけじゃないと思う。

日記に残しておきたい想いはたくさんあるけど、ただ、綺麗《きれい》な言葉にするのが苦手で、いつもどこかで躓《つまず》いちゃう。きっと彼や彼女なら、するする書けちゃうんだろうけど。

でも、あたしなりに頑張った。

書き慣れてないから、何を書けばいいのかよくわからないままだけど、頑張ってる。

ていうか、頑張りすぎ。というより、張り切りすぎ?

お正月、一日目と二日目はたくさん書くことがあった。

はしゃいでたのかも。テンション上がってたし。

でも三日目からガクッと少なくなって、そういえば昨日買い物してた時、なんか変な顔してたなーなんて、前の日のこと書き足したりして。

読み返してみると、「誰に話しかけてんの?」って言いたくなるくらい変に砕けた口調だったり、「誰に語ってんの?」ってくらいちょっといいこと風なこと言ってたり、急に伊達巻美《お》味《い》しいとか書いてあったり、適当に流してた動画の曲名メモってたり。

同じ人が書いているはずなのに、なんだか全然違う人みたいだ。

ちぐはぐで、ばらばら。

そのせいで、書いてあることまで、嘘《うそ》みたいに見える。

せめて使うペンくらいは統一したほうがいいかもしれない。万年筆とかちょっとかっこいいかも……。なんて、また関係ないことを書き足していた。

そうやって、いくつもいくつも言葉を連ねていく。

けど、ほんとの言葉は見つからない。

自分で書いてる日記なのに、自分しか読まない日記なのに、あたしのほんとの言葉はまだ出てきてない。

だからやっぱり。

ちぐはぐで、ばらばら。

ほんとの言葉って難しい。

それを探すために書いているのかもしれない。

って書きかけて、慌ててそこに線を引く。ついでにペンをぐるぐる回して塗りつぶして、目とか尻尾を書き足し、ゲジゲジミノムシにして誤魔化した。

今日の分はここでおしまい。

明日から学校だし、また書くことが増えそうな気がするなーなんて考えながら、まだ何も書かれてない明日のページをめくる。

あ、そうだ。ケーキ買わなきゃ。思い出して、「ケーキ買う」って大きく書くと、忘れないようにぐるぐる大きく丸で囲っておいた。

これ、日記じゃなくてスケジュール帳じゃん。

なんて一人でふふって苦笑いしてると、耳元から首筋にふわりと柔らかな違和感が襲ってくる。

へっ⁉ って声にならない声を上げて、振り返ろうとしたその瞬間。

「えい♪」

不意にヘッドホンを外されて、楽しげな声が耳に届く。驚いて振り向くと、あたしのヘッドホンを手にしたママが立っている。

はぁ〜、びっくりした……っていうため息のせいでうんざり目の声が出てしまう。

「ちょ、ママ、なに……」

「ごめんねー、ノックしたんだけど」

ママはあたしにヘッドホンを返すと、申し訳なさそうに眉《まゆ》をハの字にしてぱしっと手を合わせる。

「あー、聞こえてなかったや。これ、のいきゃん？　だから」

「へ〜、のいきゃん？　のヘッドホンってすごいのね〜」

そうそう、すごいの。のいきゃんは。なんて思いながら、ヘッドホンの電源を切って、日記帳の上に置く。

そして、はっと気づいて、慌てて日記帳を閉じた。

「……見た？」

おそるおそる振り返ると、ママは頰《ほお》に指を当て、ぽけーっとした顔で首を傾《かし》げる。

「えー？　なにがー？」

あたしはほっと胸をなでおろし、日記帳を引き出しにしまう。くるって椅子《いす》を回して「で、なんだったの？」って聞くと、ママは「そうそう」って言いながらぱちりと手を打った。

「ママ、お買い物行くけどどうする？」

「えー……。あ、あたしもいく」

どうしよっかなって一瞬考えたけど、買わなきゃいけないものあるし。あたしが答えると、ママはちょっと嬉しそうに微笑《ほほえ》んだ。

「そう。じゃ、車出そっか。せっかくだし美味《おい》しいケーキ屋さんにしましょ。なんだっけ、前、パパに聞いたの。る？　る・ぱてしぃなんとかってところが美味しいんだって」

「へー、いいじゃん」

それなら誕生日ケーキにぴったりかも……。って思ったけど。

待って。なに？　なんて？

「……見た？」

あたしがじとっとした目を向けると、ママは「あ」って指先で口を押さえる。そのくせなんにもなかったようににっこり笑う。

「見てない見てない」

「絶対見たじゃん！」

「見てなーい」

言いながら、ママはててててっとあたしの部屋から逃げ出した。

絶対嘘《うそ》だし……。まぁ、見られて困るページじゃなかったから、いいけど……。

ふっと短いため息をついて、あたしは立ち上がる。

そして、無愛想な猫背スタンドライトの頭をお疲れって撫《な》でて、明かりを消した。

1

意地悪く、葉山隼人は比企谷八幡に笑いかける。

年末年始の慌ただしさも三が日を過ぎればすっかり消え失《う》せる。

ごろごろしていたはずの両親は仕事が始まるとまたすぐに普段の忙《せわ》しなさを取り戻し、小町《こまち》はいよいよ受験に向けて本気モードへと入った。

我が家では、俺と愛猫のカマクラだけがやることもなく、だらだらごろごろまったりとした松の内を過ごしている。ゴロゴロしすぎて、まっつのうち！　まっつのうち！　とか言いながら、デンプシーロールするレベル。

実際、穏やかな正月休みではあったと思う。

元日と二日は俺にしては珍しく、年の初めから誰かとどこかへ出かけるというイレギュラーなイベントが発生しはしたものの、三日以降は和やかな寝正月を満喫することができた。

しかし、緩《ゆる》やかな時間の流れはそれそのまま心の穏やかさを示すものではない。

何もしていない時間ほど人を不安にさせるものだ。

忙しいときは目の前のことにかかりきりになるから他事に意識を割くことはない。けれど、暇なときはあてどない未来のことを考えてしまう。そして、勝手に暗澹とした心持ちになるの

だ。

とりたてて長いわけでも、さりとて短いわけでもない時間制限のある冬休みはそうした考えに支配されやすい。

何もない、何もしなくていい時間は、さながらホスピスで余命が過ぎるのを待つのにも似て、やがて来る終末を連想させる。

優しく凪《な》いだ時間がけして長くは続かないものであることを俺たちは体感的に知っているのだ。

確実な終わりがそこに見えているがために、ただただいたずらに時を浪費することは精神に強い負荷を与える。親の脛齧《かじ》っていたニートが不意に両親の老いに気づいてしまった感覚ってこんな感じなのかしら……。こたつで猫の腹毛をぽんぽんしながらそんなことを考えていた。

だが、その負荷を乗り越えてこそ、真の強者。真の無職。追い込まれてはじめて「そろそろ本気出す」と言いだすのが、無職とラノベ作家だ。以上のことから無職＝ラノベ作家といえる。Q．E．D．証明終了。もしくはスパイラル推理の絆。

などと、益体《やくたい》もないことを考え考え、ひねもすのたりのたりしているうちに、気づけば冬休みは終わりを迎えてしまった。

今日からまた学校が始まる。

俺は愛しい布団《ふとん》に別れを告げて、洗面台へと旅立った。

洗面台の前にはふわもことしたラグが敷かれてはいるものの、それでも足元ではしんしんと冷気が蟠《わだかま》っている。

はー、ほんと学校行きたくねぇし働きたくねぇ……。

鏡を見た瞬間、ため息がこぼれ出る。

大掃除のお陰できらりと輝きを放つ蛇口やぴちょりと滴る寒々しい水音、さらには寝間着代わりに来ているジャージの裾《すそ》から忍び込む冷たい空気。体感温度が下がるにつれ、俺の思考もマイナス方向へと引っ張られていく。

ちょっとした鬱……。いやもはや鬱どころか気分はもう宇都宮。TMネットワークでリードボーカル担当するまである。やだ俺ったら意外に元気～！　普通は宇都宮って言ったら餃子を連想するのにTKサウンドを思い起こすあたり、だいぶ元気。

さぁ、ひとしきりくだらないことを考えて自分が元気であることを確認できたら続いてのモーニングルーティン、洗顔に入ります。

きんきんに冷えた水で重い瞼《まぶた》を抉じ開け、ついでに跳ねたボサ髪を手荒く撫《な》でつけて鏡を見る。

そして、未《いま》だ抜けきらぬ眠気を追い出そうと、胸の前で両の拳《こぶし》をぐっと握り、ファイティングポーズ。

よし……。今日も一日がんばるぞい。

×　×　×

鏡の前でぐだぐだしていたせいで、普段よりいくらか家を出るのが遅れてしまった。

ロスした分の時間を取り返そうと必死に足を動かし、真正面から吹き付ける冷たい向かい風に抗《あらが》って、自転車を漕ぐこと二十分ほど。

その甲斐あってか、なんなら普段よりもやや早く学校に着いてしまった。

駐輪場に自転車を押し込むと、だらっと汗が滴る。着こんだヒートテックのおかげもあって、服の内側は暑いくらいなのだが、寒風に剝き出しになっていた頰《ほお》だけがひりひりと痛い。

ほぁ〜っと思うさま白い息を吐き出してから、改めてマフラーを巻き直し、ぐいっと顔の半分ほどを覆《おお》い隠す。

中庭を足早に進み、昇降口へ繫《つな》がる外階段へと向かう。

道すがらちらと周囲を見渡してみたが、人影はまばらだ。

始業時間までまだ余裕があるからか、あるいは受験を間近に控えた三年生が自由登校になっているからそう感じるのかもしれない。

来年の今頃は大学入学共通テスト直前で俺もひいこら言っているのだろうか……などと、嫌な想像が脳裏をよぎったせいでうぇ〜っと顔をしかめてしまう。

と、その細められた視界の先で、ぴょこぴょこ上機嫌そうに跳ねるお団子髪を発見した。由比ヶ浜結衣《ゆいがはまゆい》だ。

正門側から歩いて来ていた由比ヶ浜は俺に気づくと、首元にふわりと巻いていたマフラーを引き下げ、唇をにこぱっと綻《ほころ》ばせた。

「あ、ヒッキー」

由比ヶ浜はミトンがすっぽり嵌められた手を振りながら、とててっとこちらへ向かって駆け出してくる。跳ねるように走るせいで手にしていた紙袋ががさがさ派手に音を立てていた。

俺も頷《うなず》きを返しつつ、歩調を合わせるように足を急がせる。

結果、ほとんど同じタイミングで昇降口へ繋《つな》がる大階段の前に着いた。

「やっはろー」

由比ヶ浜がひらと手を振ると、しっかりと嵌めたミトンのぽんぽんが小さく揺れる。そのぽんぽんに目を取られた振りをして、俺はこそっと視線を外し、もそもそマフラーの中で口を開いた。

「……おお。おはようさん」

ごくごく当たり前の挨拶《あいさつ》でしかないのに、妙に気恥ずかしい。いや、やっはろーが当たり前の挨拶かどうかはさておき。絶対普通じゃないんだよなぁ……。奉仕部内や学校内ならともかく、街中でいきなりかまされると、ちょっと恥ずかしくなっちゃうよね！　いや、お可愛《かわい》らしい挨拶だとは思いますけどネ！

しかし、そのお可愛い挨拶にももう随分と慣れ親しんだ。トンチキな挨拶に今さら、恥ずかしがったり、照れたり、はわはわしたりはしない。

しないのだが……。

由比ヶ浜の制服姿がちょっと不意打ちで、はわはわしてしまった。はわわ……。

いや、制服姿自体は別に珍しいもんじゃない。ここ一年近く同じクラスにいるわけだし、部活も一緒なのだ。嫌というほど見慣れている。いや、嫌ってことはないけど。全然嫌じゃないし、むしろいいまであるけど。

要するに、普段からこっそりめっちゃガン見している。やだなにこいつ、八幡《はちまん》とかいう奴気持ち悪いな……。「ちょっと男子～！　ちらちら見んのやめな～？　そういう視線、女子すぐ気づくかんね～？」などと、俺の脳内ギャルがやれやれと注意し始めるレベルで見慣れているのだ。

だからこそ、些細《ささい》な変化にも気づいてしまう。

それは、つい先日二人で出かけた時に、彼女が買っていたものだ。新学期に合わせておろし緩《ゆる》めに前を留めたPコートといつものブレザー、その下に着込んだベージュのセーター……。

てきたのだろうか。恐ろしく細かい変化、俺でなきゃ見落としちゃうね。

しかし、気づいてしまった以上、まったく触れないのも据わりが悪い。

「……似合うな、それ」

「へ？」

なんと言うべきか悩んで言葉を探した結果、めたくそ曖昧《あいまい》な言い方になってしまった。もちろん、由比ヶ浜《ゆいがはま》にはさっぱり伝わらず、目をぱちくりさせている。さらに、「なんて？」と言わんばかりにくてりと首を傾《かし》げて無言で問い返してきた。

いや、もう一回言うのは無理でしょ……恥ずかしいでしょ……。なので、顎《あご》先を向けて、それそれとセーターを示すことにした。

その視線と仕草で察したか由比ヶ浜はセーターの胸元を指差す。

「あ、これ？　でしょでしょいいでしょ」

由比ヶ浜はへへ～と自慢げに胸を反らして、くいっとセーターを摘《つま》み上げた。う、うん、あの、いいと思うんだけど、ちょっと目のやり場に困るので薄目で見ますねごめんなさいね。

そんな俺の気まずげな表情から察したのか、由比ヶ浜は「あ」と小さく声を漏らすとブレザーの前をこそっと掻《か》き合わせ、恥ずかしそうに視線を落とす。そして、お団子髪をくしくしいじってぽしょりと呟《つぶや》いた。

「……ていうか、気づくんだ、そういうの」

「まぁな。サイゼのメニューに載ってる間違い探しとか得意なんだよ俺」

「なにそれ」

俺が適当ぶっこくと、由比ヶ浜は呆《あき》れ笑いを浮かべ、こぼれた吐息が一瞬白く棚引き、虚空《こくう》に消えた。

それをきっかけにしたわけでもなかろうが、由比ヶ浜はちらと外階段の先、昇降口を見上げる。

「いこっか」

由比ヶ浜の声に頷《うなず》きを返し、俺たちはほぼ同時に階段へ足を掛ける。

普段なら歩幅の差で少しばかり俺が先を行くのだが、高さが均一な階段では自然と横に並んで歩くことになる。

となると、途端に隣の存在が気になってきた。

なんせいつもはひとりで歩いている、ぼっち・ざ・うぉーく、略してぼざうぉなのだ。すぐ横に人の気配があると緊張しちゃう……。完熟マンゴーの段ボール箱とかあったら被ってるところだった。

並んで歩いているのに、黙ったままなのも気づまりだな……と、ちらと横目で由比ヶ浜を見やる。

が、由比ヶ浜は別段沈黙を気にする様子でもなく、てこてこ階段を上っている。

何か話しかけたほうがいいのだろうか……と逡巡《しゅんじゅん》するうちに、階段を上り切ってしまい、昇降口へとやってきてしまった。

上履きに履き替えるために、由比ヶ浜《ゆいがはま》が下駄箱の前で紙袋を下ろす。その手つきがやけに慎重で丁寧《ていねい》なのが気にかかった。

ということは、ここですね！　ここが話しかけるチャンス！

「……どしたの、それ。なんか荷物？」

「あ、これ？」

由比ヶ浜は言われてはたと気づいたように、紙袋をすっと前に出すと、おいでおいでと俺を手招く。

や、そんな手招かれるような距離でもないんだけど……と思いつつ、俺は少しだけ距離を詰めた。

すると、由比ヶ浜は紙袋の取っ手をゆっくりと、まるで秘密の宝石箱を隙間から覗《のぞ》くような手つきで開いた。

紙袋の中にあるのは小さな白い箱だ。天面には丸い取っ手がついている。これをくいっと折り曲げればさぞかし持ち運びがしやすかろう。この手のパッケージはだいたいケーキを入れたりしますね、ええ。というわけで、おそらく箱の中身はケーキです！

そういえばつい先日、二人で出かけた時の別れ際、雪ノ下《ゆきのした》の誕生日ケーキをどうするか云々《うんぬん》と話していた。それを用意してきてくれたのだろう。

「あー、ケーキな」

言うと、由比ヶ浜が正解とばかりににっこり微笑《ほほえ》んだ。さらに、ふんすと鼻息強めで自慢げに胸を反らしている。誇らしげな様子から察するに、どこぞかのいいケーキなのだろうか。

「なに、なんかいいケーキなの？」

「そうそう。昨日、ママと買い物行っててさ。ついでに買ってきたの。なんか有名なとこのらしいよ。るぱてぃしなんとかって」

「ほーん……」

有名なら名前くらいはちゃんと覚えてあげてほしいところだが、まぁ、俺も名前覚えるの苦手だしな！　川崎大志《かわさきたいし》の姉のこと、未《いま》だに川なんとかさんって呼んじゃう！

などと、川なんとかさんに想いを馳《は》せていると、由比ヶ浜は紙袋の中を覗き込んだまま、口元をもんにょりさせて何やらうーんと考え込んでいた。

「悩んで結局普通にショートケーキっぽいのにしたんだけどさ。でも、ちょっと小さいかなーとか思って……」

言いながら、由比ヶ浜は紙袋をちょこっとだけ上げ、俺の顔に近づけた。そして上目遣いに俺を見やると、「どう？」と小首を傾《かし》げ、視線だけで聞いてくる。

少し困ったように眉《まゆ》を下げ、考え込むように唇を尖《とが》らせ、瞳はうるうる潤《うる》んでいた。

そういう表情で見つめられてしまうと、リアクションに困る。

俺はその眼差《まなざ》しから逃げるように、どれどれとかなんとか適当に呟《つぶや》きながら、紙袋の中へ顔を突っ込まんばかりに覗《のぞ》き込んだ。

紙袋の中にある箱は、おおよそ15センチ四方といった大きさだ。そこから類推するにケーキの直径もまぁ、そんな程度だろう。

確かホールケーキには5号やら6号やらといったサイズ規格があるはず……。まぁ、このケーキが何号かはさっぱりわからんが、見た感じでは、とりたてて大きい印象もない。一般的に見かけるサイズって感じだ。ホールケーキ界隈でよく聞くのは4~6号くらいな気がするので、おそらくこれもそのあたりだろう。ってことは8号なんつったらもう怪獣ですよ怪獣、怪獣8号。

「や、こんなもんじゃない？　食べるの三人とかでしょ」

いかに俺が食べ盛りといえど、ホールケーキを三分の一も食べたらもうお腹いっぱい胸いっぱい。満腹感どころか胸やけするまである。

「そうなんだけど、フルーツめっちゃ入ってるから、ホールでもするする食べれちゃうんだよ」

「それもう昨日食べた人間の発言じゃん……。しかもホール食ってるし……」

俺が言った瞬間、由比ヶ浜《ゆいがはま》がぴたと固まった。

が、すぐに慌てて違う違うとぶんぶん手を振り、お団子髪をわしわししながら捲《まく》し立てる。

「えっ。……あ！　や、違くて！　味見というか！　せっかくだから家族で食べただけだし！ほんと、全部じゃなくて半分くらいだから！」

「そ、そうか……。半分か……。すごいな……」

半ば驚き半ばドン引き半ば尊敬を込めた眼差《まなざ》しでもって由比ヶ浜をしげしげ眺め、忌憚のない意見を述べる。やだ忌憚なさすぎて感情が1・5倍になっちゃってる！

すると、由比ヶ浜は俺の視線をどう受け取ったのか、うぐぅと呻《うめ》いて、力なくよろめく。

「う、うん……。思ったより食べれてしまった……。なんかもう飲み物みたいにするする……」

カレーは飲み物とは稀によく聞く惹句《じゃっく》だが、ケーキもだったか……。

まぁ近頃は「とんかつは飲み物」「ハンバーグは飲み物」と謳《うた》う店もあるし、「ケーキは飲み物」と打ち出す店が出てくれば流行《はや》るかもしれない。どうですか、『株式会社のみもの。』の皆さん。俺と組んで一発当てに行きませんか。御社からのご連絡お待ちしております。

などと、俺が未来のビッグビジネスへ想いを馳《は》せている一方その頃、由比ヶ浜は過去の所業に想いを馳せているようだった。

「うぅ……、食べ過ぎだよね……」

そっとお腹のあたりを撫《な》でさする。その表情には後悔と絶望が滲《にじ》んでいる。そして、自分のお腹を確認するように、セーターの裾《すそ》をおそるおそる捲《めく》りあげた。その刹那、ブラウスの前身頃を留めたボタンの隙間がちらと覗いた気がした。あくまで気がしただけ。隙間から真っ白い肌が見えた気がしたけど、ほんと気のせい。幻覚まである。

ていうか、その手のことはコメントしづれぇなぁ！　褒《ほ》めるのもセクハラじゃないですかねこれ！　と、困った末にいろんなことから目を逸《そ》らし、適当ぶっこくことにした。

「お、おう……。あれだな、そんだけ美味《おい》しいケーキなら、むしろ半分で我慢できたのがすごいな……」

「あたし、めっちゃ食べる子みたいになってる！」

俺のコメントはあまりに適当すぎたのか、由比ヶ浜《ゆいがはま》はうっと両手で顔を覆《おお》い、しっかりばっちりショックを受けていた。

「違くて！　ほんとヒッキーも食べたらわかるから！　マジで飲める勢いなんだよ！」

「お、おう、わかった、わかったから……」

由比ヶ浜はなおも説得を試みて俺の腕を摑《つか》むと、がくがく揺さぶってくる。なんか触られてる部分気になるし、距離近いし、ほんのりシャンプー系のいい匂いして頭までがくがく揺さぶられてきてるし……。ほんと、あの、わかったから離して……。むしろ離せばわかる……。まぁ、話せばわかるって言った人は問答無用で撃たれたんだけど……。

などと、心身ともにいろいろな部分を揺さぶられていると、背後で困ったような吐息が聞こえた。

「…………あー」

絞り出したようなため息に、何事かと振り返れば、そこには苦笑いで頰《ほお》を搔《か》いている戸部《とべ》が立っている。

「あ、とべっち。おはよ」

由比ヶ浜も背後の存在に気づくと、俺の腕からぱっと手を離して、戸部に声をかける。それに戸部が相変わらず苦笑いのまま、戸惑い交じりの挨拶《あいさつ》を返した。

「ちょりっす……。っつか、あけおめ？　ヒキタニくんもあけおめ」

「おお……、あけおめさん……」

互いに存在は認知しているものの、親しく言葉を交わすような仲でもない相手にどう正月の挨拶を返したものやら迷った結果、なんとも微妙な言い回しをしてしまった。っていうか、こいつ俺の名前一生覚えてないから、存在認知されてるか悩ましいところだ。

が、戸部は俺よりも悩ましげな顔をしている。襟足《えりあし》をばさばさやりながら、言いづらそうに続けた。

「あー……。で、悪いんだけどさ、俺の下駄箱……、そこなんよね……」

言って、戸部は俺の背後を指差す。

「あ、そうか。悪い」

うちの学校は出席番号が五十音順で振られている。となれば、ハ行の俺と夕行の戸部は番号が近くなるので、必然下駄箱の位置も近いのだ。俺が下駄箱前を陣取っていたがために戸部は上履きに履き替えられずにいたらしい。

「ご、ごめんね！　ていうか声かけてくれればよかったのに……」

由比ヶ浜《ゆいがはま》は謝りつつ、ぱっと弾かれたように俺と距離を取り、間を開けた。

「や、なんかすげー話してたし、邪魔すんのもあれかーって思って……」

戸部《とべ》は困り笑いのまま、俺と由比ヶ浜を交互に見ては、「っべー……」と小声で漏らしていた。俺と由比ヶ浜の間をきょときょと彷徨《さまよ》う戸部の瞳には申し訳なさが滲《にじ》んでいる。

「別に邪魔とかそんなことないけど……。大した話してないし……」

由比ヶ浜は少々居心地悪そうに身じろぎすると、首だけこちらに向けて、ちらと窺《うかが》うような視線を送ってきた。

「ね、ねぇ?」

「お、おう……」

潜められた声でおずおずと問われると、なんとも気恥ずかしい。

やだもう、なに、さっきのやりとりじっと見られてたのー？　ちょっとー！　それめっちゃ恥ずかしいでしょー！

あまりの恥ずかしさに身悶えしてしまうのをどうにか堪《こら》え、代わりに肩をぐるりと回して首をこきこき鳴らすことで誤魔化した。

と、首を動かした視線の先で、不意に由比ヶ浜と目が合ってしまう。すると、由比ヶ浜は、あはーと微苦笑浮かべてお団子髪をくしくし撫《な》でていた。

なにこれめっちゃ恥ずい。

気まずい沈黙が流れ、このまま恥ずか死するかと思われたが、戸部がげふんげふんと咳払《せきばら》いした。

「や！　違うべ！　邪魔って、あの、別に深い意味とかねんだわ！　なんつーの？　あるべ、そういうの！　ファミレスとか忙しそうだと声かけづれーじゃん？」

努めて明るく戸部が言うと、由比ヶ浜がはっと気づいてうんうん頷《うなず》く。

「あー、あるある！　コンビニとか、店員さんがレジにいないとなんか待っちゃうよね！」

「それだべ！」

由比ヶ浜の合いの手に、戸部がずびしと指差す。乗るしかない、このビッグウェーブに！

俺も、コンビニバイトあるある早く言いたいコンビニバイトあるある。

「あれなぁ……。店員側からすると、圧かけられてる感じで嫌なんだよなぁ……」

「そんな風に思われてたんだ!?　いいことだと思ってたのに……」

由比ヶ浜がひっそりショックを受けている一方、戸部はわかるわ～とかなんとか適当な相槌《あいづち》を打ちながら、ぱたぱた上履きに履き替える。

「っつーか、ぼちぼち行かないとまずくね？　俺、部室寄んないとなんだわ」

言うが早いか、すったか駆け足気味に去っていった。

その背を見送ってから、俺は由比ヶ浜に向き直る。

「俺、顔洗ってから行くわ」

「え、あ、うん」

俺が出し抜けに言うと、由比ヶ浜《ゆいがはま》は一瞬戸惑う様子を見せたがすぐに頷《うなず》く。

朝から変な汗をかいてしまった。頬《ほお》のほてりを冷ましてから、少し時間をおいて教室へ向かいたいところだ。

そんじゃこれで……と軽く手刀切って俺はその場をふらりと離れる。

と、その去り際。

「ヒッキー」

由比ヶ浜に呼び止められた。

振り返ると、由比ヶ浜は胸の前で小さく手を振っている。

そして、周囲をちらと見渡して誰もいないのを確認すると、その手をそっと口元へ添えた。

ぽしょぽしょと、誰にも聞こえないくらい密やかな声で、囁《ささや》くように言った。それが睦言《むつごと》めいた秘密のやり取りみたいで、俺は呆気《あっけ》に取られてしまう。

「また後でね」

なにそれ……。

そういうあざと可愛《かわい》いのは一色《いっしき》の専売特許だろ。あざとくない奴がやると、ただ可愛いだけだろ。なにそれ……。

俺が固まっていると、由比ヶ浜ははてなと小首を傾《かし》げる。そして、「あ」と何かに思い至っ

たようで、またぞろ口元に手を添えた。

あ、こいつ、俺が聞こえてないと思ってんな……。違うっつーの。聞こえてるっつーの。リアクションできなかっただけだっつーの。

ちゃんと聞こえてる、わかってる、そう言う代わりに俺がうんうん頷《うなず》いて見せると、由比ケ《ゆいが》浜《はま》は安心したようにふっと笑《え》む。

その微笑《ほほえ》みに、俺はもう一度軽い頷きを返して、くるりと背を向け、お手洗いへと急ぐ。ほんと、朝から変な汗かいてしまった……。今はとにかく、キンキンに冷えた水で顔を洗いたい……。

×　×　×

冬休み明けの教室はざわざわとした雰囲気に包まれている。

久しぶりーだのあけおめーだのと言い合うクラスメイトたちもどこか浮き足立っているようだった。今朝がた配られた文理選択と進路希望の提出書類についても、最初こそ話していたが、次第に話題は他事へ移ってしまった。嫌だよね……、受験のこと考えるの……。

その騒々しい雰囲気は放課後になっても変わらない。

積もる話もあるのだろうか、教室にはまだ多くの生徒が残っている。中でも一際目立つのは葉山隼人《はやまはやと》と三浦優美子《みうらゆみこ》を中心とするいつもの面々だ。

普段からやかましい連中ではあるが、今日はまた一段とやかましい。

戸部《とべ》、大岡《おおおか》、大和《やまと》の三馬鹿三羽烏もいつもと変わらずバカ話を続け、葉山は窓際の席で頬杖《ほおづえ》ついて外を見ている。

その物憂げな様は傍から見れば、やだ葉山くんたらアンニュイ素敵かっこいい……みたいな感想を抱いてしまうし、ちゃんとあいつらの話聞いてやんなさいよと思わなくもないが、そこはさすがの葉山隼人。

けして無視しているわけではないとアピールするかのように、ここぞというタイミングで適切な相槌《あいづち》を打ち、さらには微笑を浮かべる。もう一回相槌打てるドン！　と言わんばかりの反応速度から察するに、あいつ、音ゲーめっちゃうまそう。

しかし、他方女性陣はなんとも音ゲーが下手《へた》そうだった。

大岡たちの話にはさして興味がないのか、スマホ片手に、「あー、うん、ね、それな」と死ぬほど雑な相槌を適当に放り込んでいる。画面見ろ画面と言いたくなるほどラフなプレイスタイル。まぁ、約一名、相槌すら打ってない人がいるんですけどね。

その約一名こと、三浦優美子は今日も今日とて気だるげに、金髪を指先でくるくると巻きながら、背もたれに深く寄りかかっていた。時折、戸部や大岡のほうを鬱陶《うっとう》しそうにちらっと見る。

三浦《みうら》の視線にビビったのか、話題を変えようと大岡《おおおか》がげふんげふんとわざとらしく咳払《せきばら》いをすると、あーと何か思い出したように口を開いて、葉山《はやま》に話しかけた。

「つーか、隼人《はやと》くん、雪ノ下《ゆきのした》さんと付き合ってるってそれマジ?」

「は?」

三浦をはじめ、その場にいた連中が呆けたように口を開ける。なんなら俺も開けてたかもしれない。

こいつ、いきなり何言いだしちゃってるわけ?

そんなことあるわけない。ないない。ないと思うが……。ない、のか? ない、よな……。ないよね? ね?

予想外のところから放り投げられたボールに皆が時間を止めていた。

だが、時は動き出す。

「はああああ!?」

ガタガタっと椅子《いす》を鳴らして三浦が立ち上がった。

ざわざわとおしゃべりしていたクラスメイトたちも何事かと視線をやった。教室中が水を打ったような静けさに包まれる。

静寂の中心にいる葉山隼人は物音一つ立てず、ただわずかに眉《まゆ》をひそめるだけだった。さっきまでの柔和な表情と何が違うというわけでもない。ほんの数ミリ眉根《まゆね》が動いた程度の違いだ。だというのに、微《かす》かな仕草ひとつで、葉山は余すところなく己の感情を伝えてみせる。

猜疑、憤懣、焦燥、落胆、悲哀、あるいは諦観。

下手《へた》に顔立ちが整っていると、そんな些細《ささい》な変化も大きな歪みに映るものらしい。普段の爽《さわ》やかさは掻《か》き消え、細められた瞳の奥からは仄暗いものが溢《あふ》れている。

葉山が醸し出す剣呑な雰囲気に教室全体が息を呑《の》む。

「いやいや！　それはないって絶対！」

空気が一変したことを敏感に感じ取って、由比ヶ浜《ゆいがはま》がすぐさまフォローに入った。さらに海《え》老名《びな》さんも「だよねー」とにこにこ賛同する。

「わたしもないと思うな。だって、隼人くんは……腐腐腐……」

とか言いながら、ちらりと俺を見る海老名さん。

おいやめろこっち見んな。「千葉ってお堅いのね～」みたいな顔すんな。しかし、つい今しがた葉山の顔立ち云々《うんぬん》を考えてしまった手前、あまり強くは否定できないどうも俺です。う～ん、それにしても顔がいい。顔面国宝……。

由比ヶ浜と海老名さんがおちゃらけて混ぜっ返したおかげか、張りつめていた空気がゆるりとほどけてきた。一同にほんのりとした笑《え》みが戻ってくる。ええ、まぁ、あーしさんだけは指先でくるくる髪巻いて足ぱたぱたさせてますけど。

和やかムードになると、それを見越したかのように、もう一人、意外な人物が重々しい声で後に続いた。

「そうだよなぁ。ないよなぁ……。まぁ、俺が聞いたのは別の話なんだが……」

図体の割りに影の薄い大和《やまと》が、ゆっくりとした口調で言う。その慎重な話しぶりに面々も言葉の続きを待った。

だが、大和の声はそれ以上出てこず、代わりと言わんばかりにじっと由比ヶ浜《ゆいがはま》を見る。その視線につられるように、三浦《みうら》たちの視線もすーっと由比ヶ浜に集まった。

「へ？　あ、あたし？」

由比ヶ浜が自分を指差してきょとんとする。俺もきょとんとしてたかもしれない。大和とかいう奴はいきなり何言いだしてんだ。

なはは、葉山《はやま》と由比ヶ浜が付き合ってるなんてなはは。そんなことあるわけなははは……と思うが……。ない、のか？　ない、よな……。……ないよね？

ない、はず……と思いながらちらちらと由比ヶ浜たちの様子を再度窺《うかが》うと、俺と似たような反応をしている奴がいた。

「ゆ、結衣《ゆい》……？　へ？　え？」

さっき大量に息を吐き出したせいで酸素が足りないのか、三浦は口をパクパクさせている。

そして、由比ヶ浜と葉山を交互に見る。

「ないないないない！　絶対ないから！　ほんとにない！　隼人《はやと》くんはマジでない！」

由比ヶ浜が両手をぶんぶん大きく振り、大声で捲《まく》し立てる。すると、葉山がふっと冗談めかした苦笑を漏らした。

「そこまで力強く否定されるのも微妙な気分だな」

「あ、ごめっ！　や、そういう意味じゃなくて！　でも、あの、ほんっとにないから！」

からかい交じりの葉山の言葉に律儀《りちぎ》に謝る由比ヶ浜。次第に声のトーンは落ちていき、ぽしょぽしょ呟《つぶや》き声へと変わる。

「……だ、だって。あ、あたし、全然違うし……」

こそっと視線を床へ落として、由比ヶ浜はくしくしとお団子髪を撫《な》でる。その横顔はほんのり色づき、口調も幾分か稚《いとけな》い。その恥ずかしがるような仕草を見ているとなぜかこっちまで気恥ずかしくなってくる。あれかな、共感性羞恥《しゅうち》ってやつですかね。

これ以上話が広がる前に、さっさと教室を出よう……。俺は鞄《かばん》に教科書やらを雑に突っ込み、コートやらマフラーやらをまとめはじめる。

しかし、大岡《おおおか》の無遠慮な声のせいで、その手が止まってしまった。

「俺が聞いたのは違う話だったな〜。結衣はなんかあれだろ？　他校の男子と付き合ってるって聞いたぜ」

「はぁっ」

と、思わず叫びだしそうになったのをどうにか堪《こら》えた自分を褒《ほ》めてやりたい。吐き出しかけた息をすんでのところでぐっと噛《か》み殺し、代わりに「はっ、ふぅぁ……むにゃむにゃ……」と欠伸《あくび》の振りでやり過ごす。

いやー、寝不足かなーとかなんとか言いながら首を巡らす雑な小芝居を交えて、葉山《はやま》たちの方をおそるおそる振り返る。

すると、由比ヶ浜《ゆいがはま》がぽかーんと呆気《あつけ》にとられ、首を傾《かし》げているところだった。

「はえ?」

フリーズしている由比ヶ浜の代わり、というわけでもないのだろうが、三浦《みうら》はぐいと体を前に倒し、下から睨《にら》むように大岡《おおおか》を見る。

「はぁ? 大岡、あんたそれマジで言ってんの?」

やだ、あーしさん怖い……。傍で見ている俺でさえそう思うくらいだ。直でめたくそ睨みつけられている大岡はビビリ散らかしている。

「い、いや、俺も野球部の奴らから聞いて……。俺ら界隈だとそんな話に……。な、なぁ?」

大岡は困った末に傍《かたわ》らの戸部《とべ》へと水を向けた。

が、なぜか戸部の歯切れは悪い。考え考えし、言葉を探すように視線をうろうろさせている。由比ヶ浜をちらり、葉山をちらり、三浦をちらり、俺をちらり、海老名《えびな》さんをちらり。襟足《えりあし》をぐいぐいひっぱりながら、もごもご言いづらそうにしていた。

「え……。あ~……や、まぁ、冬休みに一緒にいたのを見かけたってくらいの話は聞いたっつーか……」

「それそれ！　で、その男が知らねー相手だったから他校なんじゃねって。いや、別に俺は気にしてねーんだけど、うちの部員がなんか言ってて？　聞かれたからわかんねーっつったんだけどよー」

控えめな援護射撃ではあったが、大岡は全力で乗っかる。

「ふーん……」

三浦は指先で髪をくるくる巻きながら、大岡と戸部へじーっと疑うような眼差《まなざ》しを注いでいる。その隣に立っていた海老名さんもほうほう興味深げに頷《うなず》いていたが、不意に由比ヶ浜をちらと見た。

「結衣《ゆい》、そうなの？」

「え〜、なにそれ！　全然違うよ！　ないない！　そんな話ない！　ていうか、誰、そんなこと言ってるの」

由比ヶ浜は目を細め、むーっと頬《ほお》を膨《ふく》らませ、ぷんすこしている。その憤慨ぶりは三浦の圧に比べれば随分と可愛《かわい》いものだったし可愛いが、大岡がたじろぐには充分なものだったようだ。

「や、まぁ、噂《うわさ》で聞いてよぉ……」

大岡が苦り切った様子で「俺が言ったんじゃなくてぇ……」とへどもど言い訳めいたことを口にすると、三浦は小さく舌打ちし、由比ヶ浜はぷくっとぶんむくれ、海老名さんはしらっとした目を向ける。

やだ、女子怖い……。傍で見ている俺でさえそう思うくらいだ。直でゴミカス扱いされている大岡《おおおか》は命を散らしかけていた。

ほとんど死にかけの大岡は女性陣からの無言の圧に耐えかねて、戸部《とべ》と大和《やまと》に「助けて……」と視線を送る。

それを受け取った大和はうむと鷹揚に頷《うなず》きはしたが黙ったまま……。その対応賢いけど、お前見た目の割りに頼りになんねぇな……。

一方の戸部が任せろとばかりに、襟足《えりあし》をバサッとやり、にかっと笑った。おお、戸部、なかなか頼りになる男……。

「やっぱ噂《うわさ》とかあてになんないべ！　違うべ！　や、俺も違うと思ってて？　なんつーの？　俺、こう見えて噂とかあんま信じねーし？　やっぱ自分の目で見たことを信じたいっつーか？　あんまり流されずにいたいんだよね」

が、しかし、戸部は秒で裏切り、友と縁切り、華麗に損切りを決めていた。その判断の速さたるや本能的に投資向き。仮想通貨とか始めたほうがいい。さらに戸部はイキりながらも海老《えび》名《な》さんへのいい人アピールに余念がない。こいつ、この調子だとツイッターで「こんなＤＱＮな俺でも父親の定年退職の日にはバカラのグラスをプレゼントするなどした……」とかイキりだしてもおかしくねぇな。そのうち語尾に煙草《たばこ》の絵文字とかつけ始めるまである。

「隼人《はやと》くぅん……」

三馬鹿三羽烏の仲間が当てにならないと見るや、大岡は最後の頼みとばかりに、くぅんくぅんと子犬が鳴くような情けない声音《こわね》で葉山《はやま》へ救いを求める。

だが、当の葉山は、口元を押さえて、なんかぷるぷる肩を震《ふる》わせていた。

「……え、隼人くん、どーしたん？」

「いや、なんでもなっ……ふっ」

取り繕ってそう言ったものの、よほど堪えかねたのか、葉山はぷふっと吹き出す。そして、あはっと弾けるような爆笑を浮かべた。

珍しい……と、教室の誰もが驚きに目を瞠《みは》る。いつだって冷静穏やか爽《さわ》やかな葉山隼人が人目もはばからず、腹を抱え、あまつさえ目じりに涙を浮かべて笑うなど誰が想像しただろう。俺でさえ「……アイツ、そんな風に笑うんだ（トゥンク……）」とか思っていた。

が、そこはやはり葉山隼人。

「他校の男子、か」

意味ありげに呟《つぶや》くと、離れた席に座る俺へ向けて、ちらりとこれまた意味ありげな視線を向けてきた。その瞳の奥にはほのかに愉悦の色が滲《にじ》んでいる。

おいてめぇ、なにこっち見てんだよ……。そのにやぁっとした嫌な顔やめろ。返して！　俺のトゥンク返して！

葉山《はやま》の視線から逃れるように、俺は帰り支度を再開する。視界の端で葉山が肩を竦《すく》めるのが見えた。

「誤解されてる内容はだいたいわかった」

葉山はふっと短い吐息を漏らすと、眦《まなじり》を下げて口角を上げる。

「悪いけどそんな楽しい話じゃない。冬休み、ちょうど家の用事で出かけてたんだ。結衣《ゆい》ともたまたまそこで会っただけだよ。それを見られて、誤解されたんじゃないか」

「う、うん、そうそう！　たぶんそう！　絶対！」

葉山の言葉に由比ヶ浜《ゆいがはま》が力強く同意する。

「噂《うわさ》なんてそんなもんだろ。真に受けてどうするんだよ。なぁ、戸部《とべ》」

そして、葉山が戸部の肩を軽く叩《たた》くと、戸部もぐっとサムズアップ。

「だべ！　そうだべ！」

さらに、大岡《おおおか》と大和《やまと》も同調する。

「だ、だよなー！　いやー、俺もないと思ったんだけどよー」

「なら言うな」

葉山は大岡の頭を冗談めかして軽く小突く。そんなやりとりはいかにも男子同士のじゃれあいだ。小突かれた大岡もおどけてみせると教室の空気はすっかり弛緩《しかん》し、いかにも穏やかな放課後という雰囲気になる。

それを見計らったかのように、葉山が鞄《かばん》を持って立ち上がった。

「そろそろ部活行くか」

「だべ、そろそろいい時間だべ」

「じゃあ、俺たちも行くか」

やんややんや口々に言いながら、戸部に続いて大岡も大和も立ち上がり、三浦《みうら》たちに「じゃーなー」と軽く手を振り、歩き出した。

そんな葉山たちの後ろ姿に、三浦はうんと頷《うなず》きを返しながらも、うーんと何事か考えこむように黙っている。

その沈黙をどう捉えたのか、由比ヶ浜は三浦の肩にそっと手を乗せた。そして、真剣な眼差《まなざ》しで三浦を見つめる。

「あの、ほんとにただの誤解だからね？　あたしと隼人《はやと》くん、マジでなんもないから。あ、ゆきのんもだけど」

「え？　あー、うん。そうなん？」

「うん。その日ヒッキーと買い物してたらゆきのんのお姉ちゃんに会って、で、ゆきのんちと隼人くんのおうちが知り合いで、だから新年のあいさつ的な。そこにゆきのんも呼ばれてって……感じ？」

説明が下手《へた》すぎる……。なんか小さい子の話聞いてるみたいだな……。その雑説明をふんふん頷《うなず》きながら海老名《えびな》さんが取りまとめた。

「なるほど～。じゃあ家の用事で会ったのを偶然誰かに見られて、それが噂《うわさ》になっちゃったってことなんだね」

「うん、たぶん」

「三人とも目立つから印象に残りやすいのかもねぇ。それに話のネタにもなるし」

自分で言いながら納得している海老名さん。それにうんうんと頷《うなず》く由比ヶ浜《ゆいがはま》。釣られて三浦《みうら》もほーんと頷きかけ、その首がぴたと止まる。

「……え、待って。っつーかさ、それ、ヒキオもいたん？　買い物ってなに」

「え」

由比ヶ浜が戸惑いの声を上げると同時に、　海老名さんがぽんと手を打つ。

「あ、他校の男子ってそれか～」

「うえっ⁉」

ははぁん、なるほどね～。うちの学校の連中、俺のことなんて知らんもんなぁ。そら、他校の男子と思われても仕方がないわ～。とか、めちゃめちゃ他人事《ひとごと》ぶっている間にも、三浦と海老名さんからの視線が俺に突き刺さってくる。

「ちょちょちょ、どういうこと？」

「それね。ちょっと話してみそ」

「え、あ、えぇ～」

三浦と海老名さんは俺をチラ見しつつも、由比ヶ浜をガン詰めしていく。それに、由比ヶ浜はあうあう唸《うな》ってアシカみたいになっていた。

いかんな……。この場にとどまっていると、いつ話題の矛先《ほこさき》がこっちに向くかわからん。さっと退散することにしよう。

俺は席を立つと、お得意の絶でもって気配を消し、教室を後にした。

×　×　×

放課後の喧騒《けんそう》は廊下にも広がっていた。

新年、あるいは新学期特有のそわそわした高揚感が校内に満ちている。

普段なら人気《ひとけ》の少ない特別棟へ続く廊下にも生徒の姿がちらほらとあり、おしゃべりに花を咲かせているようだった。

「聞いたー？　葉山《はやま》くんの話ー」

「あー、あれね。なんかガチっぽいんでしょ？」

すれ違った女子がまだ仕入れたばかりらしい噂話《うわさばなし》を披露すると、もう一人もそれに乗って、笑いさざめく。

おそらくは教室で海老名《えびな》さんが言っていたように、断片的な情報が繋《つな》ぎ合わされ、推測やネタにして面白がる風潮となって、拡散したのだろう。

別に自分が直接関係している話題ではないのに、それが耳に入るたび、首元を竦《すく》めるような不快感がぞわりと這《は》い寄ってきた。

その不快感の正体は、軽々しくそんな噂話《うわさばなし》をする名前も知らない連中の気持ち悪さが原因なのだろう。

噂話の厄介《やっかい》なところは必ずしも悪意が介在しているとは限らない点だ。

ただ面白いから。みんな興味があるから。耳目を集める人たちのことだから。だから何でも言っていいのだと、そう解釈され、誰もが疑問を抱くことさえせず、話題にする。

真偽を明らかにすることもなく、間違った情報を無責任に拡散させるのだ。

そして、それによって誰かが不利益を被ったとしても「噂だから」の一言で自身の責任を免罪する。普段は自分の存在を誇示しようとするくせに、都合の悪いときだけ、自分は有象無象の一般市民だと言ってはばからない。

それが、ひどく気持ち悪い。

これなら自分の陰口を聞いているほうがよっぽど気が楽だ。……もっとも、正体不明の他校の男子として、噂話の登場人物になりかけている現状は歓迎できたものではないが。

そのことを思うと、はぁ……と我《われ》知らず深いため息が零れ、落ちた肩から鞄《かばん》がずりさがる。

参った。まずった。やらかした。

初売りの繁華街。高校生が出歩いているのは当たり前っちゃ当たり前だ。普段お買い物になんて出かけないからその手の意識がとんと抜け落ちていた。初詣《はつもうで》くらいまではもしや誰かと会うかも……なんて思っていたのに。

自覚はなかったが、冬休みからこっち、俺はずいぶんとはしゃいでいたらしい。

クリスマス、年末、正月と立て続けにイレギュラーな事態が頻発したことで、なにか勘違いをしていたようだ。

でなきゃ、朝方の昇降口で人目も気にせず話し込んだりはしないはずだ。

今にして思えば、戸部《とべ》の何か言いたげだった反応は「他校の男子」とやらの噂話を知っていたからなのだろう。俺と由比ヶ浜《ゆいがはま》が話し込む姿を見て、戸部が何を想起したかは想像に難くない。教室で大岡《おおおか》に「他校の男子」の話を振られた時も、おそらくは俺たちに気を遣って言葉を濁してくれたのだ。

実際のところ、俺たちにその手の関係性があるわけではないので、戸部の気遣いはまったくの見当外れではあるのだが、変にイジったり煽ったりせずにいてくれたのは素直にありがたい。戸部はうるさくてウザいけど、意外にいい奴なんだよな。ウザいけど。

ていうか、事実を知ってたくせに「他校の男子」って聞いたときに俺を見て笑ってた葉山《はやま》さんって、邪悪過ぎません？　せめてその笑いは噛《か》み殺してくれよ……。

まぁ、戸部《とべ》や葉山《はやま》が悪いわけじゃない。むしろ、何も言わずにいてくれたことには感謝だ。あとは、俺が今一度気を引き締め直せばいい。変な噂《うわさ》で迷惑をかけるのは忍びねぇ。

決意も新たに肩からずるりと落ちた鞄《かばん》を背負い直していると、ぱたぱたと後を追ってくるような足音が聞こえてきた。

こんな賑《にぎ》やかな歩き方をするのは由比ヶ浜《ゆいがはま》くらいしかいない。少し歩調を緩《ゆる》めると、由比ヶ浜はすぐに追いついてきた。そして、げしっと鞄で俺の腰を打つ。

「あいったー……」

別にまったく痛くはないのだが、礼儀として言いつつ俺は立ち止まった。隣に並んだ由比ヶ浜が俺にジト目を向けてくる。

「なんで勝手に行くし」

「いや、なんかまだ話してたから……」

というか、そもそも一緒に行くような約束をした記憶がないんだが……。まぁ、去年の十二月は約束して部室まで一緒に行くこともあった。どうやら由比ヶ浜の中ではまだその流れが継続しているらしい。

とりあえず行くか……、顎先《あごさき》で促《うなが》し、廊下を進む。

隣をてこてこ歩く由比ヶ浜はちらと横目で見て、何か言いたげに唇を尖《とが》らせていた。それに、視線だけで「なに?」と聞くと、由比ヶ浜はおずおず口を開く。

「あのさ、さっきの話、……き、聞こえてた？」

「まぁ、あんだけ目立てばな……」

もともと耳目を集める連中な上に、普通にうるさかったし、葉山なんて爆笑してたし……。教室に残っていた奴はみんな見ていたんじゃないだろうか。

「な、なんもないからね！　ほんと！」

由比ヶ浜が急ぎ足で俺を追い越すと、くるりとターンし、顔を覗《のぞ》き込んでくる。そんなに必死な目で言わなくてもわかってるっつーの……。

「いや、俺もその場にいたから知ってるし……。なに、覚えてないの？」

「それは覚えてるからっ！」

俺が混ぜっ返しに適当なことを言うと、由比ヶ浜はびしっと俺の肩を叩《たた》く。が、その手は次第にゆるっと力なく下ろされ、語気も弱々しいものへと変わった。

「そうじゃなくて……」

と言ったものの、言葉の続きは出てこない。見れば、由比ヶ浜は顔を俯《うつむ》かせ、お団子髪をくしくし撫《な》でていた。

声もなく、ただ足音二つきりが刻まれる廊下。

俺は生まれてしまった間を埋めるためだけの言葉を口にする。

「まぁ、噂は噂だろ。気にするようなことじゃねぇよ」

「うん、でも……」

由比ヶ浜《ゆいがはま》はそこで一旦言葉を詰まらせたが、すぐに顔を上げた。

「でもさ、ゆきのんも隼人《はやと》くんも、……あ、あたしも。いつかそういう話が本当にあるのかなーなんて」

はにかむように笑う由比ヶ浜につられて、その未来図を想像してみたものの、それはうまく像を結んではくれなかった。雪ノ下《ゆきのした》はもちろんのことだが、葉山《はやま》が誰か特定の人間と恋愛関係になるということも。

ただ、由比ヶ浜が誰かと付き合う姿は自分でもびっくりするくらい簡単に想像できた。由比ヶ浜は男子から人気がある、という話は確か戸部《とべ》から聞いたのだったか。それに、体育祭の準備の時も、男子から執拗に話しかけられていた覚えがある。

そのことを考えるのはあまりいい気分ではない。

だから、こんな会話は早々に打ち切りたかった。

「どうだろうな。わからん。……それより、この話、部室ですんなよ」

「へ？　なんで？」

由比ヶ浜は目をぱちくりさせてじーっと俺を見てくる。俺はその視線を誘導するように部室の扉へと目をやった。

「……あいつ、絶対怒るから」

「……確かにっ！」

奉仕部に入れられて一年足らずではあるが、それでも毎日顔を合わせ、同じ時間を過ごしてきた。

どういうことを言えば雪ノ下が怒るのかはだいたい想像がつく。無責任な噂話《うわさばなし》のネタにされているのを知ったら激おこ間違いなし。

俺と由比ヶ浜は部室に入る前に顔を見合わせ頷《うなず》くと、久しぶりに部室の扉を開けた。

2 当たり前のように、一色いろははそこにいる。

太陽が高度を下げると、廊下は少しずつ冷え込み始める。ことに窓が多く、人通りも少ない特別棟ではそれが顕著だ。

だが、扉一枚隔てた奉仕部の部室は暖かな空気に包まれていた。

無論、暖房の力もある。相も変わらず、誰より早く部室にやってきている部長の雪ノ下《ゆきのした》が暖気しておいてくれたおかげだ。

しかし、単純な気温の問題だけではなく、俺たちを取り巻くこの状況にこそ温かみがあるのだと思う。

その温かみの象徴と言えるのが、目の前の机に置かれたケーキだ。

由比ヶ浜《ゆいがはま》がいそいそと蠟燭を立て、しゅっとマッチを擦《す》ると、ガハマさん言うところのフルーツ盛りだくさんの飲めるショートケーキがぼんやり照らし出された。チョコで作られたプレートには「ゆきのんハピバ！」の文字が躍っている。それを見つめる雪ノ下はちょっと照れくさそうにはにかんでいる。

本来なら、年齢の分だけ蠟燭を立てるのだろうが、オサレでちょっといいケーキにそれだけのスペースはない。数本ぷすぷす刺して、あとは数字の形をした蠟燭に頼ることと相成った。

最後に1と7を象《かたど》った蠟燭に火が灯《とも》される。

あとはこれを雪ノ下にふっと吹き消してもらったら、みんなでぱちぱち拍手、ついでに「へっぴ、ばぁで……とぅ、ゆぅ……」とマリリン・モンローみたいに歌えばお誕生日の儀式は終わり。もちろん「ヘアァッピ！　バアアアデエエェェィイイ！」とテンション爆上げでスティービー・ワンダーばりに歌っても構わない。毎度おなじみ、居酒屋とかレストランで普通に飯食ってたら、いきなり照明が消え、ぱちぱち弾ける謎の花火が刺されたケーキが登場し、店内の他の客にも拍手を強制する時に流れるあの曲だ。ていうか、そういうのは個室でやれ個室で……。他のお客さん巻き込まないでよね！

などと、問答無用でサプライズに巻き込まれることへの怨嗟《えんさ》をぶつくさ内心で呟《つぶや》いている間にも、由比ヶ浜はばっちり準備を終えていた。

今はちょうど蠟燭を吹き消す前の物撮りタイムである。

うんうん。この手の食べ物系は食べる前にちゃんとインサート押さえておかないとね。切り分けた断面と箸上げも押さえておくと撮れ高ばっちりだよ！

と、後方ディレクター面《づら》で撮影風景を見守っていたのだが、不意にこちらへ振り向いた由比ヶ浜が俺を手招く。

「みんなで撮るから！　ほら、ヒッキーも入って入って！」

「ええ……。いや、俺はいいよ……。みんなで撮りなよ……」

「比企谷《ひきがや》くん……。申し訳ないけれど、諦めて」

こういう時の由比ヶ浜《ゆいがはま》は結構強情だ。雪ノ下《ゆきのした》もふうと薄いため息を吐《つ》くと、渋々といった感じでケーキが置かれた机に近づく。

「早く早く！　蠟燭融《と》けちゃうから！」

そう言われてしまうと、もたもたしているわけにもいかない。

仕方がない……。せっかくのお祝いの場だ。フレームの端っこにでもいれば俺程度であっても賑《にぎ》やかしにはなるだろう。それにケーキをドロドロにさせてしまうのも忍びない。覚悟を決めると、俺はケーキの傍へ行き、いえーいと精いっぱいの笑顔を作った。ついでにアへ顔ダブルピースまでキメる大サービス！　俺、笑顔作るの下手《へた》すぎない？　素でアへってんの？　が、やはりというかなんというか、俺の出血覚悟の大サービスは由比ヶ浜にはご満足いただけなかったらしい。

「もうちょいこっち……。もっと寄んないと、入んないから」

スマホのインカメラを構えていた由比ヶ浜が、ぐいっと俺の袖口《そで》を握り、引き寄せる。不意打ちの行動によろめいて、思わず机に手を突いてしまった。あっ、ちょ、らめぇ……。ダブルピースだったはずがもはやノーピース。これじゃあただのアへ顔だよぉ！

なんて、ふざけている余裕はすぐになくなってしまった。

触れ合った肩口、衣越しに感じる熱は素肌よりもよほど生々しく、ほんのりと漂う甘い香りに俺は息を止める。こういう距離感、ほんとに困る。

ぱしゃりぱしゃりと二、三度シャッター音がし、ようやく由比ヶ浜の腕がぱっと離れた。その隙に、俺はするりとそこから抜け出し、元居た席へと戻る。

ほとんど何もしていないのに、どっと疲れた……。強張《こわば》っていた肩を解《ほぐ》すように触れると、そこにはまだ彼女の熱が残っているような気がする。

由比ヶ浜はさして気にした様子もなく、さらに女子だけで数枚写真を撮っていた。にっこり笑顔でスマホを見つめ、ちょちょいとスワイプしては、むふーと満足げなご様子……。

これにて記念撮影タイムは終了。

いよいよ蠟燭を吹き消すセレモニーだ。

由比ヶ浜はすすすっと横へスライドし、ケーキの正面を雪ノ下に譲り、そこへいざなうように大きく手を広げた。

「じゃあ、ゆきのん、どうぞ！」

「え、ええ……」

由比ヶ浜に促《うなが》され、雪ノ下はおずおず立ち上がり、ケーキの前へと向かう。膝に手をやり、中腰前屈みになると蠟燭を吹き消そうとする。

と、その瞬間、雪ノ下の横顔を覆《おお》い隠す御簾《みす》のように、はらりと長く艶《つや》やかな黒髪が一房降りてくる。

雪ノ下《ゆきのした》はそれを細い指先でそっと耳に掛け、静かに目を閉じた。緊張しているのか長い睫毛《まつげ》がふるふる震《ふる》えていた。

そして、つやつやした唇を少し尖《とが》らせ、ふっ……と、囁《ささや》くような小さな吐息。炎は一瞬揺らめくと、音もなく消え、か細い煙が立ち上る。

「おめでと～！」

わぁ～っと由比ヶ浜《ゆいがはま》が盛り上げ、俺たちもぱちぱち拍手でそれに続く。

無事、儀式を終え、由比ヶ浜がケーキ入刀。しっかりばっちり四分割され、それぞれの紙皿へと載せられる。

「では、改めまして……」

由比ヶ浜がこほんと咳払《せきばら》いして、音頭を取る。

「ゆきのん、お誕生日おめでとー！」

「おめでとさん」

「おめでとうございますー」

それぞれお祝いの言葉を述べると、雪ノ下は照れているのか、居心地悪そうに身を捩《よじ》った。

「あ、ありがとう……。その、お、お茶があったほうがいいかしら」

言うと、雪ノ下はぱっと席を立ちいそいそと紅茶の準備を始めだす。

かちゃかちゃと食器が鳴る音に混じって、「へー」と感心するような声が隣から聞こえてくる。

「雪ノ下《ゆきのした》先輩、一月三日がお誕生日だったんですねー。ちなみにわたしは四月十六日ですよ、先輩」

「聞いてねぇよ……」

ていうか、そもそもなーんでこいつがいるんですかね……。

俺がじっとりした視線を向けると、そいつはてなとばかりに小首を傾《かし》げ、亜麻色《あまいろ》の髪がふんわり揺れた。ちょっぴり着崩した制服の下に着たカーディガンの袖《そで》を余らせ、小さな手で握ったフォークがぷるぷるの唇に当てられている。

一色《いっしき》いろははまるで当たり前のように、奉仕部の部室にいた。

ケーキの四分の一にありつき、あまつさえ紙コップを受け取ってお茶まで飲んでいる。適応力高すぎるんだけど、ＴＯＫＩＯのメンバーかなんかなの？　無人島でも生きていけそうだな、こいつ……。

「で、なんで君までいるわけ」

「えー、だって今の時期生徒会やることないんですもん」

「いろいろあんだろ、詳しくは知らんけど。ていうか、なら部活行けよ。まだマネージャーやってんだろ」

言うと、一色はとんとんと俺の肩を軽く叩《たた》く。

「まぁまぁ、いいじゃないですかー。あ、そうだ。クリスマスのときに預けた荷物取りに来たんですよ、わたし」

「明らかに今思いついてんじゃねぇか、それ」

理由がとってつけすぎてて持ち運びに便利そう。

「はぁ……」

雪ノ下がため息を吐《つ》き、その隣では由比ヶ浜《ゆいがはま》が苦笑いを浮かべていた。まったくいろはすったらもう……。みんなして呆《あき》れているのだが、一色はけろりとした様子だった。あんまりけろりとしてるから、ケロヨンみたいに人形にして薬局の前に立たせたいくらい。

じーっと見ているとさすがにバツが悪くなってきたのか、大して熱くもなさそうな紅茶にふーふー息を吹きかけて誤魔化そうとしている。

「あ、そういえば」

一色は唐突に話を切り出すと、にこりと笑ってとんでもないこと言いだした。

「雪ノ下先輩と結衣《ゆい》先輩ってどっちが葉山《はやま》先輩と付き合ってるんですかー？」

「うぇ⁉」

「……はい？」

由比ヶ浜が素《す》っ頓狂《とんきょう》な声を出し、雪ノ下はぴたと動きを止める。

っべー、なんでこいつ平気で地雷を踏みに行くんだ……。なんなのこのハートロッカー……。

しかも前振りなしのド直球で聞いちゃうし。まさかり投法から繰り出されるノーサインの剛速球で知られた往年の大投手を彷彿《ほうふつ》とさせるじゃねぇか。

いや、しかし一色《いっしき》のことだ。おそらくこの質問、わざと聞いているに違いない。そもこの部室にも、あの噂《うわさ》の真偽を確かめるために来たのだろう。

「あ、あのね、いろはちゃん。それさぁ……」

「一色さん……」

苦笑いで説明しようとする由比ヶ浜《ゆいがはま》の言葉を、ひどく冷たい声音《こわね》が遮《さえぎ》った。

その声の主、雪ノ下《ゆきのした》のほうを見やれば、うっすらと極光のベールで包まれたような微笑を浮かべている。その奥にあるのは極北の氷から削り出したように冴え冴えと澄んだ瞳。

それをまともに見てしまったらしく、一色は肩も声も震《ふる》えていた。

「は、はいぃっ」

小さく返事をしながら一色は身をのけぞらせて俺の後ろに隠れる。こら、人を盾にするんじゃありません。

俺の肩口からこそっと顔を覗《のぞ》かせる一色に向かって、雪ノ下は射竦《いすく》めるような眼光を向けた。

「……そんなことあるわけないでしょう」

はっきりと断言する言葉に一色がうんうん頷《うなず》いて返す。

「で、ですよねー！　いや、わたしも絶対にないって思ってたんですよ！」

「そ、そうだよ！　そんなのあるわけないし！」

それに乗っかって由比ヶ浜がむんと気合いを入れて力強く同調する。だが、一色はぶんぶん手を振ってしれっとなんか言いだした。

「いやいや結衣《ゆい》先輩はふっつーに超ありそうですけど」

「なんでっ⁉」

由比ヶ浜の悲痛な叫びが聞こえる……。いや、まぁ、なんでっていうか……、強《し》いて言うなら見た目、かなぁ……。イメージって怖いね！　……いや、ほんと怖いっす。

などと、しみじみ思っている俺と、ずーんと落ち込んでいる由比ヶ浜、そして未《いま》だご立腹なご様子の雪ノ下をよそに、一色は勝手にぺらぺらしゃべり始めていた。

「まぁ、結衣先輩にしろ雪ノ下先輩にしろ、そんなのあるわけないのは最初からわかってるんでいいんですけどー。でも、噂で聞いたら気になるじゃないですかー？」

「噂？」

その単語を聞き咎《とが》め、雪ノ下の視線が俺と由比ヶ浜に向けられる。こうなると誤魔化すのは難しい。俺は極力言葉を選びながら口を開いた。

「ああ、まぁ、なんかそんなこと話してる奴はちらほらいたな……」

「やー、あたしもびっくりしたんだけどさ。なんかね、聞いてみた感じだとね、こないだ出かけたときあるじゃん？　それを誰かが見て、誤解してるみたい」

由比ヶ浜《ゆいがはま》が言うと、雪ノ下《ゆきのした》は心底うんざりした様子で深いため息を吐《つ》いた。

「なるほど。下衆の勘繰りというやつね……」

まぁ、高校生たちにとって色恋沙汰《ざた》ほど楽しい話題もないのだろう。それも葉山《はやま》と雪ノ下、由比ヶ浜という目立つ存在の話なら勘繰りたくもなる。

一色《いっしき》は葉山が好きなわけだし、その噂《うわさ》を確かめようとするのも不思議ではない。と、一色を見やると、一色は首を傾《かし》げて何やら考え込んでいた。

「でも、これ結構やばいんじゃないですかね」

「そうね。当人たちからしたら迷惑極まりないわ」

「あ、いえ、そういうことじゃなくてですね」

一色がちょっと遠慮気味に否定すると、雪ノ下が首を捻《ひね》った。

「どういうことかしら?」

問われて一色がぴっと指を立てる。

「葉山先輩って今までこういう具体的な噂ってなかったんですよ、不思議と」

「あー、確かに……」

由比ヶ浜も思い当たる節があるのか、天井を見上げて答えた。

なるほど、言われてみれば葉山隼人《はやと》の恋愛事情、というのは今まで聞いたことがなかったように思う。いや、まぁ、他の人の恋愛事情も知らんのだが。そういうの教えてくれる人がいないもんなぁ……。

「だから、結構女子みんなその噂気にしてるっぽいんですよねー」

一色は腕を組むとうーんと唸《うな》る。

これまで浮いた話のなかった葉山隼人が誰かと付き合う可能性の有無。

無論、葉山のことだ。そういうことがあっても不思議ではない。葉山に好意を寄せる女子たちにもその潜在的な危惧はあっただろう。

その危惧がこの噂で一気に顕在化した。そのことは葉山を取り巻く人間関係にどんな変化を与えるのだろうか。

「……噂、か。因果なものね」

雪ノ下がぽつりと呟《つぶや》いた。その口調は誰に向けられたものでもないようで、見つめた先のカップにはわずかに漣《さざなみ》が立っている。

「ま、まぁほら！　気にしなければそのうち消えると思うし！　人の噂も四十九日っていうじゃん！」

「七十五日な」

誰か死んじゃったのかよ。なに、最近法事でもあったの？

「とにかく！　気にしないようにしようよ」

由比ヶ浜が雪ノ下を気遣うように言った。

確かに、今できることはそうやって黙っていることしかない。面白がってあることないこと噂《うわさ》を囃し立てる連中に抗弁など無駄だ。深く深く潜って貝のように押し黙っているしかない。悪意ある誤解や面白がる風潮の前では黙っていることだけが対抗策である。

顔を真っ赤にして反論すれば、本当のことだからむきになってるだのと嘲笑《あざわら》われ、無理やり言葉尻を捕らえられて、揚げ足取りをされる。

彼らはただ面白がることだけが目的である以上、あらゆるアクションが彼らの攻撃材料になりうる。

その上、叩《たた》かれている人間を擁護すれば今度はそいつが被害をひっかぶる、そんな叩いてかぶってじゃんけんぽんは何を出しても一人負けが確定している。何もしないことさえも批判対象になりうるが、何もしないのが一番ダメージが少ない。

そのあたりのことは雪ノ下《ゆきのした》も理解しているのか、うんと小さく頷《うなず》いた。

「……そうね」

「そうだといいですけどねー」

似たような言葉なのに、一色《いっしき》が言っていることはまるでニュアンスが違うように聞こえるんですけど……。なんか不安になってきちゃうからそういうこと言うのやめてほしいなぁ。

一色は縁側のおばあちゃんみたいにずずっとお茶を啜《すす》っていたが、俺の咎《とが》めるような視線に気づくと、にこりと笑う。

「まぁ、そんな深刻になんなくても大丈夫じゃないですか？　知らんけど」

「適当じゃん……」

俺が言うと、一色は心外だと言わんばかりにむっと頰《ほお》を膨《ふく》らませる。

「バレンタインデーが近いからそういう話題で盛り上がりやすいんですよ。もしこれが葉山《はやま》先輩と雪ノ下先輩がぁ～みたいな1対1の噂話《うわさばなし》だとガチっぽい雰囲気出ちゃうんでアレでしたけど……」

「ほーん……」

なるほど。一理あるかもしれない。

まぁ、今巻で話題になっているのは葉山のみならず、雪ノ下に由比ヶ浜《ゆいがはま》、ついでに他校の男子となかなかバラエティ豊かな顔ぶれだ。面白おかしく話のネタにするにはちょうどいいのかもしれない。もっとも酒の肴にされている側はたまったもんじゃないが。

現に、雪ノ下も由比ヶ浜もうぇ～と口元をもにょらせている。まぁ、俺も一部の消息筋からは「他校の男子」と目されているわけで、あまりいい気分はしない。

三人とも、もにょらせた口元を洗い流すようにお茶を飲むと、ほぼ同時にカップと湯呑《の》みが空になる。

そこへ雪ノ下がお代わりを注いでいると、一色がはたと手を打った。

「あ、盛り上がるで思い出したんですけど、打ち上げに使えそうなお店、どこか知ってたりしません？」

「打ち上げ？」

一色《いっしき》の紙コップにお茶を注ぎ足していた雪ノ下《ゆきのした》がはてなと小首を傾《かし》げ、問い返す。

「はい。今度マラソン大会あるじゃないですかー？　生徒会も一応運営のお手伝いに入るんですよ。なので、終わったら打ち上げしたいなーと」

「ほーん。生徒会っていろいろやってんだなぁ」

奉仕部の部室に入り浸ってはお茶飲んだりお菓子食ったりしているから、あんまり忙しくないのかと思ったら、存外仕事しているらしい。ちょっと感心しながら言うと、一色はふふんと誇らしげに胸を張る。

「ですです。ていうか、今日はそれを相談に来たんですよねー」

「ええ……。いろはちゃん、さっきと言ってること違うし……」

「あなた、クリスマスイベントの荷物を取りに来たって言っていたでしょう……」

由比ケ浜《ゆいがはま》はがっつりドン引きし、雪ノ下は頭痛を堪《こら》えるようにこめかみに手を当て呆《あき》れていた。

が、二人の冷めた視線も何のその、一色はてへぺろこつん☆ついでにウインク♪

「そうでしたっけ？」

かるーく流すと、一色はさらに続ける。

「ある程度融通利いて、使い勝手いいところがいいんですよね～。あ、あと安く済みそうなところで」

条件こまけぇなぁ……。高校生の打ち上げなんてすたみな太郎かしゃぶ葉でいいだろ……。あいつら、腹一杯食えればいいんだし……。ていうか、もういっそサイゼにしろサイゼに。サイゼは全店舗にパーティーメニューあるし、一人1000円からいけるぞ。サイゼ最高！サイゼ最高！　──総武《そうぶ》高校奉仕部はサイゼを勝手に応援しています。

とか思っていたせいなのか、一色はくてりと首を巡らせて、由比ヶ浜ただ一人を見ている。

「結衣《ゆい》先輩、どこかありません？」

「ちょっと？　俺と雪ノ下に戦力外通告するのやめて？」

俺はともかく、雪ノ下はたぶんいろいろ知ってるぞ。ね？　ウィキノ下さん？　と、雪ノ下に視線をやる。

「打ち上げ……打ち上げ……打ち上げって何をやるのかしら……」

しかし、雪ノ下はぶつぶつ小声で呟《つぶや》き考え込んでいる。目も思考もぐるぐる回っており、絶賛ローディング中だった。ウィキのん、たまに重いからね、仕方ないね。まぁ、重いのは性格ですけど。

一色の予想通り、ユキペディアもヒキペディアも使い物にならない中、残る結衣ペディアはといえば、こちらも少々難航しているようだ。

「ん～……。安いだけならそこそこあるけど、そういうとこって値段なりだし……。ちゃんとしたお店選んだ方が満足度は高い、かも？」

熟慮の末に出てきた由比ヶ浜《ゆいがはま》の言葉に一色《いっしき》ががっくり肩を落とす。

「あ～……、ですよね～」

その声音《こわね》には共感がたっぷり詰まっている。それが呼び水となったか由比ヶ浜もうんうん頷《うなず》き、さらにシビアなことを言い出した。

「うん。荷物置く場所なかったり、食べ飲み放題で選べるの少なかったり……」

「ですね」

「それに、周りがうるさかったり、隣のグループが絡んできたり……」

「わかる」

「あと、サラダがなんか、こう、雑……」

「それな」

あまりにもわかりすぎた結果、わかり手になってしまった一色が敬語も忘れて、由比ヶ浜をびしっと指差す。が、由比ヶ浜はタメ口きかれたことなどさっぱり気にしておらず、「だよねだよねっ！」となんか盛り上がっていた。

それにしても、二人とも大変女子らしい観点でお店を選ぶのだなぁと学びを得ていると、雪ノ下《ゆきのした》がふむと頷く。どうやら共感する部分があるらしい。

「確かに、ある程度以上の価格帯になると、がらりと客層が変わるものね」

「そうそう、そうなんですよ！　なので、ほんとはごりごり予算使い込みたいところなんですけど……。来月は来月でイベント考えてたりするんで、厳しいんですよね〜」

一色は頰《ほお》に手をやり、悩ましげなため息を吐《つ》く。その仕草だけ見ていると、しっかり者のように見えるが、ごりごり予算使い込みたいとか言っちゃってるので、ちゃっかり者なんだよなぁ……。いや、うっかり口を滑らせたうっかり者かもしれない。

しかし、まぁ一色も随分と生徒会長らしくなったものだ。組織の予算を私物化、横領、着服しようとするなんて、もう立派な権力者。

クリスマスイベントの時とは大違いだよ、およよ……と泣き崩れかけて、はたと思い出した。使い勝手が良さそうで、安く上がる店……。以前行ったあの店ならばその条件に合うのではないだろうか。

「……一色。俺に心当たりがある」

「へー」

俺はゲンドウポーズで重々しく告げたが、一色の反応は薄い。薄いどころかほぼ無だった。

「ねぇ、ちょっと？　なにその反応……。まったく信じてないじゃん……」

「だって、先輩ですし……」

一色はしらっとした目で俺を見る。その意見はごもっともだが、たまには信じて？

「俺の知り合いがバイトしてて、勝手に社割で会計してくれる店がある。見栄えもオシャンだし、普通に美味《うま》い」

そこまで言うと、由比ヶ浜《ゆいがはま》と雪ノ下《ゆきのした》はピンと来たらしい。

「あ～……」

「あの店ね」

二人がほうと納得の頷《うなず》きをする中、一色《いっしき》はぎょっと驚き、俺に疑いの眼差《まなざ》しを向ける。

「え、そんな店、実在するんですかマジですか。ていうか、まず先輩の知り合いが実在するんですか？」

「するする。するから言い方ね？　言い方気をつけてね？　ていうか、お前会ったことあるだろ。折本《おりもと》だよ。あいつがバイトしてんの」

はてと首をひねる一色。が、すぐに思い出したらしい。

「折本……あ～、海浜総合《かいひんそうごう》の。同級生なんでしたっけ。どんなお店なんです？」

思わぬことを聞かれて俺はうぐっと声を詰まらせてしまう。

「どんなって……。お、オシャンなやつ……」

「はぁ」

答えあぐねてどうにかこうにか言葉を捻《ひね》り出したのに、一色は「何言ってんだこいつ言語化できないとか限界オタクか？」みたいな顔で俺を見てくるし、なんなら何言ってんだこいつくらいまでは普通に言ってた。

どう説明しようかしらと考えていると、由比ヶ浜が「えっと……」とスマホをすますまいじり、折本のバイト先を検索、一色にはいっと見せてやる。

そのスマホの画面を覗《のぞ》き込み、一色はほんほん頷く。

「へー、いいんじゃないですか。これって下見とかできるんですかね。連絡してみてもらっていいです?」

「了解。店のお問い合わせフォームに書いとく」

俺がまかせろと笑《え》みを浮かべて言うと、一色は真顔でないないと手をぶんぶん振る。

「いや、なんで公式経由」

「折本の連絡先は知らんからな」

「それで堂々と知り合いだと言い張れるのは、さすがのメンタルね……」

雪ノ下はこめかみに手をやり呆《あき》れたため息を吐《つ》き、由比ヶ浜はかわいそうなものを見る目で俺を見る。

「あ、あたし、一応知ってるけど……。ていうか、同級生なのになんで知らないの……」

「消した」

「け……」

俺が即答すると由比ヶ浜がスマホを持ったまま固まり、絶句する。

「普通、中学卒業したら一瞬で消すだろ。あいつら一生会わないんだし。メモリの無駄遣いだ」

「それ普通じゃないから！」

俺が吐き捨てるように言うと、由比ヶ浜《ゆいがはま》が即座に否定する。しかし、雪ノ下《ゆきのした》も一色《いっしき》も反応は鈍い。

「消す……まではしなくとも、連絡することはないわね……」

「向こうから連絡来ればまぁ対応はしますけど……。基本はいらない、みたいな？」

むしろ、うんうんあるあるわかるそれなと同調して頷《うなず》く二人を由比ヶ浜が二度見三度見する。

「あれ!? あたしがおかしいの!?」

うーっと由比ヶ浜が頭を抱える。

「ていうかお前、折本《おりもと》と連絡先交換してんだな」

「……一応。クリスマスの時、連絡係もちょっとやってたから。あんまり話とかはしたことないけど……」

後半になるにつれ、由比ヶ浜の声はだんだんと小さくなり、肩もしゅんと落ちてしまう。

確かに思い返してみれば由比ヶ浜はあの時、主に俺たちのやらかしへのフォローや連絡周り、お金周りの管理を中心にやっていた気がする。しかし、海浜総合《かいひんそうごう》の男子連中は軒並み会話が通じない。なので折本ら女性陣とやりとりをしていたのだろう。

「んん、でも、あたしがいきなり連絡して変に思われないかな……」

由比ヶ浜は少し疲れたようなため息を吐《つ》くと、スマホとむむっとにらめっこ。

大丈夫大丈夫、その手の悩みは全男子が通過する道だよ、どの道絶対変に思われるよ、「なんでいきなり課題の範囲聞いてくんだこいつ……」って女子はみんな思うもんだよ……。

しかし、まぁ、折本のバイト先を提案したのも俺だし、折本と同級生なのも俺。普通であれば俺が連絡するのが筋だろう。そんな意識も働いて、ちょっと小声で提案してみる。

「連絡先教えてくれれば、俺が送るけど」

すると、由比ヶ浜は未《いま》だ一文字も打ってないスマホから目を放し、俺をちらと見てぷくっと頬《ほお》を膨《ふく》らませる。

「ヒッキー、LINEやってないじゃん」

うぐぅと声に詰まってしまった。さすがは最近の若者、連絡手段もハイテクすぎる……。いえ、俺もプリキュアのスタンプを使いたい願望はあるんですよ？　でも、現状、連絡とる相手少なすぎてLINEを使わなくても困ってないからなぁ……。

いや、結局由比ヶ浜に連絡任せきりで申し訳ない。と、心中で拝んでいる間にも由比ヶ浜はLINEをポチポチ打ち始める。

「いいよ。あたしが連絡する。今度バイト入ってる日聞けばいい？」

「ああ。頼む」

うんと頷き、スマホをまほまほいじる由比ヶ浜。と、幾ばくもしないうち、由比ヶ浜のスマホが鳴動する。

「あ、返事きた」

「はやっ」

折本《おりもと》ってばフッ軽ぅ〜。俺だったら、急にＬＩＮＥ返信したらがっついてるように見えないかな……とか思って、二、三時間放置してから返してるところだ。さすが折本だな〜とか思っていたが、フットワークの軽さにおいては、由比ヶ浜《ゆいがはま》も一色《いっしき》も負けてはいない。

「来週の火木土だって」

「じゃ、タイミング合いそうなとこで行きましょっか」

由比ヶ浜が言うと、一色は即座にスマホにメモメモ。おそらくはスケジュールを確認し、さらに予定を書き込んでいるところなのだろう。もちろん雪ノ下《ゆきのした》は戸惑っています。

「それは、私たちも行くということかしら……」

「もちですよ、もち」

なんて、話をしていると、扉がノックされる。そして、こちらの返事を待つこともなく、ドアは無遠慮に開け放たれた。

「……今いい？」

夕映《ば》えの照り返しを受けて、きらりと光る巻いた金髪。そして、室内の暖気によって曇り、その奥の瞳が見通せない赤いフレームのメガネ。

戸口に立っていたのは三浦優美子《みうらゆみこ》と海老名姫菜《えびなひな》だった。

「優美子、姫菜……。どうしたの？」

目をぱちくりさせる由比ヶ浜に、海老名さんがひらひらと手を振る。

「はろはろ〜。ちょーっとお話あるんだけど、いいかな？」

「そっか。まぁ、とりあえず入って入って」

由比ヶ浜が声を掛けると、海老名さんは三浦の肩を押しながら部室へ入ってくる。と、三浦がちらと一色に胡乱《うろん》げな視線を向けた。なんでこの子ここにいんの。そう言いたげな視線には俺もどちらかといえば大賛成！

「あ。じゃあ、わたし、生徒会の仕事があるので、この辺で……」

そう言うと、空気を読んでくれたのか一色がそそくさと部室を後にする。

「ではではー」

小さな声で一色が言いつつ、そっと扉が閉められる。それを確認して、由比ヶ浜が三浦と海老名さんに椅子《いす》を勧めた。

自然、俺、由比ヶ浜、雪ノ下の順で横に並び、三浦、海老名さんと向かい合う位置になる。

「話ってなに？」

「別に……、なんっつーの？　そんなアレじゃないんだけど。……ちょっと」

由比ヶ浜の問いかけに三浦は遠慮がちに言葉を濁すと、気まずげに顔を逸《そ》らす。だが、ひとつ大きく息を吐くと、ちらと雪ノ下《ゆきのした》、ついで由比ヶ浜《ゆいがはま》へ視線をやった。

そのそわそわと落ち着かない雰囲気は普段の三浦《みうら》とはまた違う印象だ。普段は竹を割ったどころか、竹を根こそぎ九頭竜閃みたいな感じなのに。

三浦がもじもじおずおずしていると、海老名《えびな》さんがその背をとんと軽く叩《たた》く。それで踏ん切りがついたのか、三浦ははぁと短い息を吐いて顔を上げた。

「……あのさ、あんたら、隼人《はやと》となんかあんの？」

それは例の噂《うわさ》について言っているに相違ない。葉山《はやま》と雪ノ下、そして由比ヶ浜に関する無責任な噂話は、教室はもとより学校中で囁《ささや》かれている。

部活を再開した初日に一色《いっしき》がぶっこんで来た時点で気づくべきだったのだ。他にも直接確認に来る女子が存在する可能性に。

葉山隼人に一番近い場所にいるであろう三浦優美子《ゆみこ》。

彼女が何も思わないはずはないのだから。

3

間が悪く、比企谷八幡は葉山隼人に声を掛ける。

来客のために、新たに紅茶が淹れられ、穏やかな香りが部屋を揺蕩《たゆた》っていた。

だが、立ち上る湯気と裏腹に室内の温度は少し下がったように感じる。楚々《そそ》とした手つきで紅茶を淹れる雪ノ下《ゆきのした》の所作がそう思わせるのかもしれない。

雪ノ下は三浦《みうら》と海老名《えびな》さん、二人の前に紙コップを置くと、居住まいを正す。

「……で、なにか、というのは？」

余裕ありげな雪ノ下の言葉に、三浦がむっとした様子で言い返す。

「噂《うわさ》のこと、知らないわけ？」

「ああ、そのこと……」

雪ノ下はふっと疲れたような、呆《あき》れたようなため息を吐《つ》く。と、長い髪がはらりと落ちてくる。それをうんざりした様子で払うと、三浦へ射竦《すく》めるような眼光を向けた。

「親同士が知人で、昔からの知り合い。だから、新年の挨拶《あいさつ》で顔を合わせただけ。あなたが思うような関係はないわ」

「うん。あたしも、たまたまその場にいたってだけだし」

雪ノ下はただ事実だけを並べたといわんばかりに、淡々と言う。それに由比ヶ浜《ゆいがはま》も困り笑いで続いた。

まぁ、実際のところ、それが事実だ。一月二日、たまたま千葉で出くわしてしまったというだけのこと。問題はその事実を三浦がどう受け止めるかだ。

「ふーん……」

三浦は真偽を見極めるように瞳を細め、じっと雪ノ下と由比ヶ浜を見つめていたが、不意に俺へと視線をやる。

「ヒキオもそーなん?」

「え。あ、ああ……。まぁ……」

急に話を振られ、へどもど怪しい返事をしてしまう。肯定したはずが逆に怪しい雰囲気が出ちゃった! そのせいで、三浦からの疑惑の眼差《まなざ》しは一層強まった。

「……まぁ、あーしは信じるしかないんだけど」

が、三浦は存外あっさり引き下がった。ふっと諦めたようなため息を吐く。その反応に雪ノ下は驚いたように目を見開いた。おそらくは俺も同じような表情をしていただろう。

あんまりまじまじと見ていたせいか、三浦はちょっと居心地悪そうに髪の毛の先をくるくる指で弄んで、ぶつぶつ小声で続けた。

「ただ、なんつーの。珍しかったから。隼人《はやと》があーやって笑うの。楽しそうっていうか、今までないリアクションだったじゃん？　だから逆に気になったっていうか……」

葉山《はやま》のあの笑いはどちらかと言えば嘲笑とか哄笑とか、その手の類《たぐ》いのものだったようにも思うが……。

その一幕を思い出したか、由比ヶ浜《ゆいがはま》があははと苦笑いする。

「あ〜……、あれはちょっとびっくりしたけど………。でも、ないない、ほんとない」

「うん。結衣《ゆい》はほんとにないと思う」

「だよね〜」

三浦《みうら》が即座に頷《うなず》くと海老名《えびな》さんが楽しげににっこり微笑《ほほえ》む。それに由比ヶ浜はちょっと困ったような照れ笑いを浮かべた。一方、雪ノ下《ゆきのした》は少々不満げに唇を尖《とが》らせる。

「私もないのだけれど……」

その言葉に三浦は気まずげに髪をくるくる指で巻き、ぶつぶつ呟《つぶや》いた。

「わかったし、それはもういいけど。……でも、そういう噂《うわさ》が出るのも、それになんもしないってのも、フツーに腹立つ。なんか無責任じゃん」

まるで独り言のような言葉だった。なのに、その一語一語には確かに誰かへ向ける意思が伴っている。三浦はちらと俺を見ると、面倒そうなため息を吐《つ》いた。

「……だかんさ、ちゃんとしてくんない？　んだけ」

言い捨てると、三浦はぷいっと顔を逸《そ》らした。それで話は終わりと言わんばかりの様子で、けだるげに足を組み替えると、また指先で髪を巻く。

三浦の言いたいことは分かった。というより、それしかわからなかった。なんせ一方的に言いたいことだけを言ったのだ。これでわからないほうがどうかしている。

しかし、そのメッセージは曖昧《あいまい》に過ぎ、具体性に欠けた。だからこそ、俺は何とでも言い抜けられてしまう。

「んだけって……。えぇ……、なに、君、何しに来たの？　お気持ち表明しにきたの？」

「は？」

俺が混ぜっ返して聞くと、三浦はぱっと顔を上げ、舌打ち交じりに俺を睨《にら》む。と、海老名さんが三浦の肩に手を乗せ、まあまあと苦笑いでとりなしてくれる。

「優美子《ゆみこ》も心配してるんだよ。その辺はわかってもらえると嬉しいかな」

「心配？」

その一語に雪ノ下がはてと首を傾《かし》げる。すると海老名さんはうんと頷いた。

「隼人《はやと》くんにこの手の噂がついてまわるのは仕方ないと思うんだよ。今までは上手くコントロールしてたっぽいんだけどね……」

海老名さんが俯《うつむ》きがちに呟いた。

表情は窺《うかが》えないが、その冷めた声音《こわね》を聞くに、レンズの奥にはきっとあの冷たい眼差《まなざ》しがあるのだろう。

あるいは、この硬質さこそが彼女の本質なのかもしれない。それは修学旅行の一件でも感じたことだ。

海老名《えびな》さんの言うことはおそらく正しい。これまで、葉山隼人《はやまはやと》は正しくコントロールしていたはずだ。自身を律し、周囲を御し、その在り方を固定させようとしていた。

だが、教室で噂話《うわさばなし》を聞かされた時、ほんの一瞬にせよ、それが綻《ほころ》びを生んだ。激情を垣間見せ、爆笑を晒した。些細《ささい》な変化ではあるが、その小さな違いが気にかかる。完璧に近いふるまいをしていた葉山隼人だからこそ、この微《かす》かな転遷がいずれ大きな破綻を呼ぶのではないかとさえ思ってしまう。

噂の渦中にいる葉山の行動如何によって事態は変わりえるのではないか。

そんなことを考えていると、海老名さんがぱっと顔を上げる。そこにあるのはにこやかな微《ほほ》笑《え》みだ。

「隼人くんは気にしてない風だったけど、でも、結衣《ゆい》とか雪ノ下《ゆきのした》さんとか、ちょっとは迷惑してるわけじゃん？　優美子《ゆみこ》ママ的にはそれが気になってるんだよね」

「海老名。誰がママだし」

海老名さんがからかうように三浦《みうら》の頬《ほお》をつつくと、三浦はぺしっとその手を払った。しかし、雑にあしらわれても海老名さんはにまっと笑みを浮かべている。

わかる。俺も思わず笑みを浮かべてしまいそう。いいよね、優美子ママ……。俺が五十代になったら『スナック優美子』に通い、普段めちゃめちゃ雑な接客を受けて、たまに健康診断の数値を心配され、アホほど薄められた水割り（通常料金）を出されたい……。

などと、ありえない未来予想図Ⅱを幻視している間にも、海老名さんはにんまり笑顔のまま、体を前に倒して三浦の顔を覗《のぞ》き込んでいた。

「でも、心配してるんでしょ？」

じっと温かな視線を注がれ、三浦はうっと声を詰まらせる。

「それは……まあ、心配っていうか、気には、なる……」

「そっか……。優美子が気にしてくれるの、……ちょっと嬉しい」

切れ切れに絞り出された三浦の声音《こわね》は、普段のそれよりずっと稚《いとけな》く、応える由比ヶ浜《ゆいがはま》の声は常よりも優しい。

「なにそれ……」

改まって言われたことが恥ずかしかったのか、三浦はぷいっと顔を逸《そ》らすと、かすかに頬を染め、指でくるくると毛先を弄《いじ》っている。そんな所作に雪ノ下がふっと笑みをこぼした。

その吐息を聞きつけて、三浦がキッと雪ノ下を見る。だが、その視線に先ほどまでの鋭さはなく、照れ隠しの威嚇にしか見えなかった。

ともあれ、三浦がここに来た理由は由比ヶ浜との友情を確かめるためではない。

三浦は直接依頼なり相談なりを持ち込んできたわけではないが、概ね察することはできる。

わざとらしく一度咳払《せきばら》いをすると、俺は三浦《みうら》に向き直る。

「つまり、話をまとめると、噂《うわさ》をどうにかしろってことでいいのか」

「は？　どうにかしろっつーか……」

三浦がぎろりと俺を睨《にら》んできた。さっきまでの可愛《かわい》らしさはどこぞへ消え失《う》せ、今度は照れ隠しでもなんでもないガチの威嚇っぽいんですけど……。

俺はげふんげふんと咳払いでその視線から逃れ、それっぽいことを口にした。

「わかってるわかってる。事態の収拾を図るよう善処する。それでいいか？」

「うーん……。まぁ、でもそういうことかな」

海老名《えびな》さんはまだなにか言いたげな様子で微妙な表情をしていたが、それでも一応は頷《うなず》いてくれた。その瞳にはどこか諦めにも似た色がある。

言葉をこねくり回しはしたが、俺たちと三浦たちとでとりあえずの共通見解は得た。

消極的ながらも事態の解決ないし解消に向けてなにがしかの対応をする。

しかし、俺も何か具体的な手立てが浮かんでいるわけではない。

風説の流布とやらに有効な手段はそうそうないのだ。不特定多数の好奇心や興味関心を根絶するなど不可能だし、人の口には戸が立てられない。

それは由比ヶ浜《ゆいがはま》も雪ノ下《ゆきのした》も理解しているようだった。

由比ヶ浜がうーんと困惑交じりの吐息を漏らす。

「あたしもなんとかできればなーとは思うけど……」

「この手の問題は連中が興味を失うのを待つしかないものね」

俺がふむと考えあぐねていると、同じように由比ヶ浜《ゆいがはま》も雪ノ下《ゆきのした》も難しい顔をしている。特に雪ノ下の言葉にはなんだか実感がこもりまくっている。

「まぁ、そうだな……」

人の噂《うわさ》も四十九日、ではないが、話題の鮮度が死んで終わったコンテンツになるまでは沈黙を貫き、それ以上の燃料を与えずに延焼を避けるのが炎上したときのセオリーだ。下手《へた》に情報を出せばそれがまた新たな火種になることもある。

もっとも、これが社会人や企業での話なら、また別の対処があっただろうけれど。最近のトレンドは誤報やデマ、誹謗中傷に対しては第一声できっぱり否定、からの法的措置検討という流れだろうか。

だが、学生内のコミュニティという半端な情報社会に限って言えば、最強の戦法は防御に徹すること、とにかく何も言わないことだ。然るに、ぼっちとかいう人種は誰ともコミュニケートしないし個人情報流出しないから情報社会においては絶対なる防御力発揮してんじゃないの？　メイン盾最強すぎてこれで勝つる。

などと、IT社会におけるスタンドアロンの有用性について考えていると、由比ヶ浜がううむと唸《うな》っていた。それにしてもIT社会って最近言わなくなったのは本当にIT社会になったからとかいうゴスペラーズ的なことなのかしら……。それはそうとゴスペラーズの歌真似をしているといつのまにか山下達郎っぽくなっちゃうよね。ならねぇよ。

由比ヶ浜はうんうん唸っていたが、やがて何か思いついたのかぽつりと呟《つぶや》いた。

「誰が最初に言い出したかわかればなんか違うのかな……」

「どうかしらね……」

答える雪ノ下の声は懐疑的だ。俺もその意見に同意せざるを得ない。さすがは雪ノ下。噂を立てられるのには慣れていると言ったのは伊達ではないらしい。と、感心混じりに雪ノ下のほうを見る。

すると、雪ノ下は顎《あご》に手をやり、ふと遠い目をしていた。

「大抵の場合、言い始めた本人を追い詰めたり締めあげたりすると被害者面《づら》しだして問題が大きくなるものなのよね……」

うん？

うーん……。それは君の経験談だよねぇ……。追い詰めちゃったり締めあげちゃったりしたんだねぇ……。

などと、ドン引きしていたのは俺だけではない。

「…………」

「…………」

「…………」

由比ヶ浜《ゆいがはま》はうわぁと絶句し、海老名《えびな》さんは固い笑《え》みを浮かべている。三浦《みうら》にいたっては何かに怯《おび》えるように肩を縮こまらせていた。あーしさんはあれかな？　夏休みの千葉村で完全論破されて泣かされたトラウマがよみがえりでもしたのかな？

さすがに誰も口を開かずにいると、雪ノ下《ゆきのした》も空気を察したのか、若干頬《ほお》を朱に染めて、んんっと咳払《せきばら》いをする。

「とにかく。……あまり積極的に何かをするべきではないと思う」

「まぁ、その通りだな。実際、噂《うわさ》の出所を確かめるっていうのは現実的じゃねぇし。というより、意味がないというほうが正しいか……」

「そう？」

あまり得心いっていないような由比ヶ浜の問いに、頷《うなず》きを返してやる。

こと、学校内での噂話において、情報の発信元を特定するのは難しい。

言った言わないの明確な言質《げんち》があるわけでもなければ、発信者が問い詰められた時に嘘《うそ》を吐《つ》いても罰せられたりしない。

それに、仮に、発信者を特定できても、一度出回ってしまった情報は取り返しがつかない。

特に人の悪評やスキャンダラスな話題は拡散されやすい。たとえ訂正したところで誰も正しい情報なんてものには興味がないのだ。

ネタだから、面白い話だから、他人の悪事を暴き立てることは正義だから。正義の徒は悪評をたてられた個人に対して言論をもって制裁することが許されているから。

だから、噂話やデマゴギー、スキャンダルの類《たぐ》いは、ネタの鮮度や誰かの正義感が消費されつくすまでは消えない。

絶対的な安全圏から言葉の銃弾や矢じりでもって一方的に痛めつけることができる。

たとえ、その噂話が間違った情報であっても、それを面白がって広めた人間が責任を負うことはない。

だって、悪いのは「噂」だからだ。

ことによっては、自分も噂話に騙《だま》された被害者だと憤ってみせる。なんなら、そんな噂を流されるような真似をした本人が悪いことにさえなる。勘違いされるような素行の奴が悪いことにされてしまうのだ。

巷には今日も自称正義の凱歌《がいか》が響く。世界はいつだってサンドバッグを求めている。お手軽かつコンビニエンスに、笑いながら叩《たた》ける対象を欲してやまないのだ。

残念ながら、恣意的《しいてき》に操作され、拡散してしまった風説を覆《くつがえ》す方法は実際のところない。

釈明も説明も訂正も撤回も意味はない。

「こういうときは黙ってやり過ごすのが常套手段なんだが……」

言いかけて、ちらと三浦を見やると、三浦は俯《うつむ》いていた。表情こそ窺《うかが》い知れないが、納得はいっていないだろう。

そりゃそうだ。

なぜ特別何か悪いことをしていない葉山《はやま》や雪ノ下《ゆきのした》、由比ヶ浜《ゆいがはま》、それに三浦《みうら》までもが、こんな無責任な噂話《うわさばなし》で嫌な思いをしなければならないのか。

これは理不尽なことだ。

「……まぁ、なにか方法を考えるか」

だから、そんなことを口走っていた。

きっとまともな手段でこの問題を解決することなんてできない。今もあれこれ可能性を探ってみてはすぐさま自分で否定している有様だ。

おそらく俺のやり方では何一つ変わらないし、こんなのはただの悪あがきにしかならないだろう。

それでも、逆流性食道炎みたいなもやもやとした胸のムカつきを抑えながらこのくだらない噂話をただ聞いているよりはマシだ。

そんな思いで呟《つぶや》いた言葉に、女性陣の耳目が集まる。

いや、ごめんね、期待してもらってるとこ悪いんだけど、今回はマジでノープランなんだよね……。

その点、雪ノ下と由比ヶ浜はさすがに付き合いが長い。どこか不安そうな、ともすれば怪訝《けげん》そうな視線で俺を見ている。

「なにか、あてはあるの？」

「ないんだな、それが」

雪ノ下に問われて、正々堂々答えた。すると、雪ノ下は呆《あき》れたため息を吐《つ》き、由比ヶ浜は苦笑する。

「あはは……。じゃ、じゃあこれからどうしよっか」

「まぁ、どういう対応を取るにしても、この件について葉山と話す必要があるだろうな……」

今回の噂話、その中心と呼ぶべきキーパーソンは間違いなく葉山隼人《はやと》だ。どんな方向で行くにせよ、今後の流れをコントロールするためには葉山の現状と意志を確認し、できることなら協力を取り付けておきたい。

となると、その交渉窓口が必要なわけで……、ちらと女子三人を見やる。

すると、三浦が顔を逸《そ》らす。

「あ、その、あーし、そういう話すんの、ちょっと……、なんか、あーし隼人の何気取りなんって話だし……」

頬《ほお》を朱に染めて、くるくる髪を巻きながら難色を示した。

そりゃそうだろうなぁ。こんな、乙女パスタに感動しちゃうような乙女である港の優美子《ゆみこ》横浜横須賀さんに、「……あんた、あの子のなんなのさ」みたいなことを聞かせるわけにはいかないだろう。

雪ノ下《ゆきのした》と由比ヶ浜《ゆいがはま》は……と考えかけたが、噂《うわさ》の張本人である二人が葉山《はやま》に接触するわけにもいかない。

となると、残る一人だが……と視線をやると、海老名《えびな》さんはなにやら恐縮している。

「そんなそんなっ、わたしが隼人《はやと》くんとヒキタニくんの間に挟まるわけには……！　あ、壁のシミになって見守るくらいの協力はするよ？　ていうかさせて？」

「いい、いらん……。ていうか、むしろ絶対やめて……」

腐腐腐と奇妙な笑い声でにやにや微笑《ほほえ》む海老名さんにしっかりノーを突きつけると、海老名さんは大層がっかりされていらっしゃいました。

まぁ、こうなったら大変不本意ではあるが、消去法で俺が話す他あるまい。

「……とりあえず、俺が話してみるか」

俺が盛大なため息を零しながら言うと、海老名さんはじゅるりと盛大によだれを啜《すす》り上げていた。

×　×　×

今後の活動方針について一応の決定がなされ、奉仕部本日の活動は終了と相成った。

三浦《みうら》も海老名さんも部室を去り、俺たちも解散。……のはずだったのだが、俺にはサービス残業が課されている。

葉山隼人に話を聞く。それが俺のタスクだ。

普通なら文明の利器スマホで一発解決なのだが、残念ながら俺は葉山の連絡先を知らない。由比ヶ浜に連絡を取ってもらってもいいが、渦中の二人が連絡を取り合っている姿を誰ぞに見られて噂を助長するのも面白くない。

であれば、俺が直接出向き、奴が帰る瞬間を狙《ねら》ってゲッツするのが一番確実で手っ取り早い。けれど悲しいかな向こうはサッカー部の部長さん。下手《へた》すれば完全下校時刻まで待つことになる。その上、部活が終わる時間がわからないときている。我が校の校庭はさほど広くもないくせに、サッカー部、野球部、ラグビー部、陸上部が入り乱れ、場所を譲り合って活動している。故に、活動範囲も活動時間も各部活間の交渉次第でまちまちになるのである。

仕方がないので、グラウンドを見据えることができる中庭のベンチで張り込みするはめになってしまった。

冷たい風が中庭に植えられた木々の梢《こずえ》を揺らす。

とっぷりと日も暮れると、寒さはぐっと増してきた。

この学校は海辺にあるため、大きな建物に遮《さえぎ》られることもなく冬の海風が吹きっ晒しに吹いてくる。

そもそも千葉県は日本で最も平らな県なのだ。風通しのいい県なのだ。ついでにアットホームで若い人が活躍する県でもある。なにこれブラック企業の求人広告みたい。千葉が東京のベッドタウンとして社畜の巣になるのも納得できちゃうから不思議！

十七年も千葉市民をやっていればさすがにこの寒風にも身体が適応してくる。おかげで、世間の風当たりの冷たさにも慣れっこだ。

とはいうものの、さっきまで居た部室が暖かかっただけに、急激な温度変化はちょっと辛い。だが、そんなときのために、神は千葉県にマッ缶をくだされたのだ！　どんなに寒い冬だって、あったか〜い激甘マッ缶を飲めば、血糖値爆上がり！　血糖値上がりすぎて急激に眠くなり、そのまま寝て凍死するまである。神は時に残酷だ……。

まぁ、寝なきゃセーフでしょ。と、神に遣われし飲料、マッ缶で暖を取ろうと昇降口近くの自販機へ向かった。

あったか〜いと記されたボタンへ手を伸ばす。

と、その手をはしっと取られた。

俺の手を摑《つか》んだのは猫の手である。もこもこして、ピンクの肉球がついた、まるで着ぐるみみたいな猫の手。

「これ、よかったら。……葉山《はやま》くんの分もあるから」

そう言って、猫の手はマッ缶を二本差し出してくる。なんだこの猫の手は……、友達の家に行くときにお土産《みやげ》を渡す母ちゃんか……。

と、顔を上げれば、胸の前でわしわしと猫の手ミトンを動かしている雪ノ下《ゆきのした》がいる。その手袋、使ってるんですね……。嬉しそうにしちゃって、まぁ……。

さらに、雪ノ下の後ろにいる由比ヶ浜《ゆいがはま》も送ったプレゼントを喜んでもらえたのが嬉しいのか、ほくほく幸せそうなお顔……。なんだこの幸せの連鎖は、ペイフォワードか。

というか、今は猫の手より、このマッ缶についてだ。

「いや、わざわざ渡さなくてもいいんじゃないの……。ちょっと話すだけだし……」

言うと、雪ノ下は指をふりふりなんぞ講釈を垂れる。

「こういうポーズを取っておくと、向こうもなにかしなきゃいけない気がするでしょ」

返報性の原理みたいなことだろうか。まぁ、大した交渉じゃないにせよ、俺と葉山の関係性を考えればこれくらいのことをしたほうが円滑に話が進むような気もする。

ありがたくもらっておくべきか……と、猫の手が差し出すマッ缶をじーっと見ながら考えていた。

が、俺の逡巡《しゅんじゅん》する視線を遮《さえぎ》るように、由比ヶ浜がぴょこっと一歩進み出て、そのマッ缶をひょいと持ち上げる。

「いいから持ってきなよ」

言って、由比ヶ浜は俺の手にマッ缶を乗せた。

「……その、待っている間、寒そうだし」

そして、ぎゅっと俺の手ごと両手で包み込むようにして、マッ缶を握らせてくる。じんわりとした熱が肌を伝い、痛いくらいに沁みてきた。

不意打ちの行動に俺が当惑している間に、由比ヶ浜《ゆいがはま》はぱっと手を離す。一歩下がり、二歩下がり、元居た位置へ戻ると、こそっと視線を外し、ついでに首元に巻いていたマフラーをぐいと引き上げる。だが、冷たい風に晒されたままの耳は朱に色づいていた。

「お、おう……。じゃ、ありがたく……」

俺はマフラー越しでもないのに、もごもごへどもどはっきりしない声で応えつつ、まだあったかいマッ缶をカイロ代わりにポケットにねじ込んだ。

「……んじゃ、葉山《はやま》に話聞いとくから、お前らもう帰っていいぞ」

「でも、任せきりっていうのもなんか……」

由比ヶ浜がうむむと言葉を詰まらせ、雪ノ下《ゆきのした》に意見を求めるようにちらと見た。

だが、雪ノ下は小さく頭を振る。俺も雪ノ下に賛成だ。というより、そもそも彼女たちを排して俺が単独で話を聞くというのは自分が発案したことでもある。

「これ以上変な噂《うわさ》立てられるのも面倒だろ。こっちは気にせんと、マリピンとか千葉とか行って、誰が見てもわかるくらい仲良しこよしに遊んでこい」

葉山を取り巻く噂の二人が仲睦まじくしている姿を心ある人が見れば、多少風向きが変わる

こともあろう。全くの希望的観測ではあるが、まぁ、このまま三人で葉山《はやま》を待つ姿を見られるよりはよほどいい。

俺の提言が意図するところを汲むように、雪ノ下《ゆきのした》は顎《あご》に手をやりしばし考えていたが、やがて顔を上げる。

「そうね……。申し訳ないけれど、そうさせていただくわ」

「うーん、なんかヒッキーに任せちゃうのも悪い気がするけど……」

「気にしなくていい。仕事だ」

気遣わしげにこちらを見る二人に軽い調子で答えた。すると、雪ノ下も微笑《ほほえ》む。

「似合わないセリフね」

まったくだ。思わず自嘲《じちょう》気味な笑いを浮かべて頷《うなず》くと、由比ヶ浜《ゆいがはま》も踏ん切りがついたようで、よっとリュックを背負い直した。

「じゃあ、また明日ね」

「おお。明日な」

二人が去っていくのを見送って、俺は校庭へ視線を戻す。

運動部の連中はぼちぼち練習を切り上げ、片付けに入っているようだった。

あと幾ばくもしないうちにサッカー部も解散するだろう。彼らの動きに注視しながら戻ってくるのを今か今かと待ち構えている。

しかし寒い……。

いくら仕事とはいえ、なぜ俺が葉山を待たなければならないのだろうか。もう実際に聞かなくても葉山の守護霊インタビューとかで済ませばいいんじゃないの？

心はとうに折れている。身体は氷で、足は棒……。あまりにも誰も来ず、一人きりだったのでなんか固有結界が発生してるのかと思っちゃったぜ……。

俺はぼちぼち温《ぬる》くなり始めたマッ缶をぷしゅっと開け、ちびちび飲む。

そのまま飲み続けることしばし。

手に感じる缶の重みがだいぶ頼りなくなってきたころ、ようやくサッカー部の連中がわらわらやってきた。

だが、その一団の中に、葉山の姿はない。

なんでいねぇんだあいつ……。壁から離れて首を巡らせていると、連中の一人に声を掛けられた。遠目にもわかる茶髪と軽いノリ、戸部《とべ》だ。

「あんれー？　ヒキタニくんじゃん。どしたん？」

気さくに手を振ってきたので、俺もそれに軽く手を上げて答える。

「葉山は？」

「隼人《はやと》くん？　……あー、今ちょっと取り込み中でさ」

言いながらも戸部の目はあっちこっち泳いでいる。俺も視線の先を窺《うかが》ってみるが、葉山は見当たらない。

「いねーのか」

「いや、いないっつーか。いるはいるけどいたっつーか？」

戸部《とべ》の言葉は歯切れが悪い。どっちだよ。めんどくせぇな……。

「いないんじゃしょうがねぇな……。じゃ、帰るわ」

せっかく長い時間待ったのにこの結果はちょいと不満だが、得られるものがないならさっさと帰ってしまったほうがいい。損切りはギャンブルの基本だ。人生というギャンブルにもそれは適用される。俺の人生損切りしまくりなんだが？

戸部に別れを告げ、駐輪場へと向かった。

「……あっ！」

背中越しに戸部の声が聞こえた気がしたが、無視して先へ進む。

すると、校舎の陰で葉山《はやま》の姿を発見した。なんだよ、いるじゃねぇか。どうやら正門へと通じる道ではなく、通用門側へと続く道を使ったらしい。

なんて声を掛けようか。

考えながら数歩進んだところで、俺はぴたりと足を止めてしまった。

オレンジ色の街灯の光がわずかに届く場所に、葉山ではない人影を見つけてしまったからだ。

思わず、ぱっと校舎の壁に隠れる。ぴったりと背中をくっつけていると、コンクリートの冷たさがじんわり伝わってきた。

周囲が暗いせいで、葉山と一緒にいるのが誰かまではわからない。それでも背格好からそれが女子であることはわかった。だが、風に紛れて「急に呼び出してごめんね」等々途切れ途切れに届く会話の口調から、同じ学年の女子だろうことは察せられた。

濃紺のPコートに赤いマフラー、その胸元にかかるマフラーをぎゅっと握りしめ、その少女はちらと上目遣いに葉山の顔を見上げた。

緊張しているのか、その細い肩が震《ふる》えていることは遠目にもわかる。

——ああ、そういうことか。

だから、戸部は言葉を濁していたのだ。

その女子は小さく息を吸うと意を決したように、きゅっとコートの襟元《えりもと》を握りしめた。

「あの。………友達から聞いたんだけど。葉山くん。今、付き合ってる人いるって本当？」

「いや、いないよ」

「じゃあ、私と……」

「ごめん。今はそういうこと、あまり考えられないから」

小さい声ながら、かろうじてそのあたりの話は聞き取れた。

だが、それきり声は聞こえてこない。

きっとお互い言葉に詰まってしまったのだろう。

けれど、声がなくともわかる。

張りつめたような独特の緊張感と、爽《さわ》やかさとは程遠い絶望感。

暗がりから放たれる、冷たい冬の空気に似合いの雰囲気は、ついこないだ肌に感じたものによく似ていた。

あのクリスマスシーズン、ディスティニィーランドでの一色《いっしき》いろはと葉山隼人《はやまはやと》の一幕が思い起こされる。

やがて二言三言言葉を交わし、おそらくは別れの挨拶《あいさつ》をしたのだろう。その女子は弱々しく手を振ると、踵《きびす》を返して歩き出した。

去っていく女子を見送り、葉山はわずかに肩を落とした。そして、長く長く息を吐くと顔を上げる。と、その視界に俺が入ったらしい。

葉山は笑う。恥ずかしがるわけでも照れるわけでも、ましてや喜ぶわけでもなく、ただ諦めるように。

「変なところ見られちゃったな」

「あー。いや、まぁなんだ。……悪い」

先に声を掛けられ、出鼻を挫かれてしまった。おかげでろくな言葉が出てこない。いや、話しかけられなくてもなんと声を掛けたらいいのか、結局わからなかったと思う。振られた人間相手ならば慰めの言葉の一つも出てこようが、振った側の人間になんと言えばいいのか思いつかない。

だが、葉山は俺の逡巡《しゅんじゅん》を見透かしたか、小さく笑ったようだった。

「気にしないでくれ」

「……大変だな」

正直、それくらいしか言うことがなかった。葉山隼人の色恋沙汰《ざた》に別に興味はないし、こいつくらいいろいろ揃《そろ》えられてしまうと嫉妬《しっと》も何もない。軽口叩《たた》いてからかってやるのも優しさかもしれないが、生憎《あいにく》とそういう仲でもない。

言われた葉山は一瞬だけくしゃりと顔を歪める。息が詰まったように、どこか痛みを堪《こら》えるように。

だが、すぐに軽く頭を振ると、いつもの微笑《ほほえ》みを浮かべて、駐輪場へ向かおうと顎《あご》で示してきた。俺もそれに続いて歩き出す。

「今、帰りか？」

「いや……、ちょっと話があってな……」

言うと、葉山は少し驚いたように首を傾《かし》げた。

「俺に？」

領《うなず》く代わりに、マッ缶を投げる。

暗がりの中で目測はやや外れたが、葉山はこともなげにそれを受け取った。だが、手の中にあるマッ缶を見るとちょっと嫌そうな顔をする。なにマッ缶嫌いなの？　飲んでみろ、飛ぶぞ。

まぁいいから飲めよと俺が顎《あご》先で促《うなが》すと、葉山《はやま》は肩を竦《すく》め、マッ缶を鞄《かばん》にしまった。

しかし、話を聞くつもりはあるようで、俺へ視線を戻すと話の先を促してきた。

俺はどう切り出すべきか、悩みながらも口を開く。

「……あの噂《うわさ》、どう対処するつもりだ」

端的な問いかけに、葉山は疲れたようなため息を吐《つ》いた。

「そのことか……。放っておくしかないと思ってる。変に手出しすると、余計に拗《こじ》れるからな」

その口ぶりはこれまでにも経験したことがあるかのようだった。

いや、事実、葉山の経験則なのだろう。過去にも似たようなことがあって、おそらくはそこで手痛い失敗をしているのだ。

だからこそ、葉山隼人《はやと》は動かない。

葉山の選択それ自体は納得のいくものだ。俺自身、この手の問題は放置が最適解だと思っているし、積極的な介入が賢いとは思っていない。というより、打つべき手だてが存在しない。

しかし、それでも、とそんな考えが表情に出ていたのか、葉山は意外そうに俺を見る。

「君はどうにかする気でいるのか？」

「……なんとかできればとは思ってる。……まぁ、仕事の一環だしな」

答えに窮しながらも、どうにか仕事だととってつけたように言うと、葉山が見透かしたようにふっと微笑《ほほえ》んだ。

「放っておけないか。『他校の男子』としては」

「誰だよそいつは。こう見えて、俺、この学校の生徒なんだが？」

適当に言い返すと、葉山はなおも楽しげに笑う。それは今朝がた見た爆笑よりボリュームこそ小さいが、込められた悪意はけた違いだ。こいつ、ほーんと邪悪……。

葉山はひとしきり肩を震《ふる》わせてから、ようやく笑いを収めると無理やりな咳払《せきばら》いで切り替えて、真面目な顔になる。

「やる気のところ申し訳ないが、俺にできることはあまりないんだ。……悪いな、協力できなくて」

皮肉げな入り方だった言葉の割りに、葉山の眼差《まなざ》しは暗い。それはおそらく後ろ暗さと呼ぶべきものだ。そうも無力感に満ちた声音《こわね》で謝意を伝えられてしまうと、俺も嫌味を返す気は起きなかった。

「いや、いい。お前が特に何もしないっていう共通見解があるだけで充分だ」

「そうか……」

それきり俺たちは言葉を交わすことなく、駐輪場の前までやってきた。そこで葉山はぴたと足を止めると、通用門の方を指差す。

「俺、電車だから」

「あ、そう……。じゃ……」

別れの挨拶《あいさつ》のつもりでそう言ったが、葉山《はやま》は足を止めたままだった。

葉山はただ空を見上げている。

何かが見えるのかと俺もつられて振り仰いだ。

けれど、そこにあるのは明かりを落とした校舎と窓硝子《ガラス》に反射する街灯の光だけだ。月も星もそこにはなく、ただ人工的な灯《あか》りの鏡像が映し出されているだけだった。

ふと、葉山が思い出したように口を開く。

「どうにか、できればよかったのにな……」

そう言って葉山は歩き出す。

暗い暗い、街灯の光も届かない場所へ。その先が通用門の方へと続いているのは知っているのに、ふと、彼がどこに向かっているのかわからなくなった。

ここにはいない誰かに向けたはずの言葉。

なのに、不思議とそれは、その誰かには向けられていないように思えた。

4

いつでもどこでもどんなときも、戸部翔は戸部翔である。

例の噂話《うわさばなし》が出回り始めて幾ばくかの日が経った。

新学期ムードもだいぶ薄れ、いつも通りの学校生活へと戻りつつある。

そんな中でも、葉山隼人《はやまはやと》を中心としたゴシップは未《いま》だ収まることなく、あちこちそちこち囁《ささや》かれていた。

めんどくさいことこの上ない。

そのめんどくささに拍車をかけるのがマラソン大会の存在だ。大会そのものももちろんダルいのだが、体育の授業が持久走へと切り替えられてしまったのもめたくそダルい。

さりとて、サボるわけにもいかず、寒風吹き付ける校庭へてくてく向かう。

校庭には三クラスの生徒が全員出てきている。持久走の授業は他の種目の時のように男女が分かれることもない。一応男女でコースは違うが、まぁ、ただ走るだけだ。

見上げる先には、無限に広がる青い空……。ひろがるスカイ！　それ自体は気持ちよく、眺めている分には癒やされ、プリティでキュアッキュアだ。

しかし、校庭に集まってくる生徒たちのひそひそ話はあまり気持ちのいいものではなかった。

「あれってどこまでほんとなのかなー」

「ね？　気になるよねー。やっぱり付き合ってるのかなー。どう思う？」

「でも、E組の子が聞いたら違うって言ってたらしいよ」

「そりゃわざわざほんとのこと言って追い打ち掛けないでしょー。やさしー！」

「それ優しくないし！　笑うんだけど」

直接的にどれとは言わないが、葉山に関する噂について話しているのだろう。

根も葉もないどころか、枝も幹もない噂話。ただ、困ったことに花はあるのだ。だから興味を引く、面白がられてしまう。

まぁ、十七歳の女の子なんておしゃべり大好きおしゃべりメロンなわけで、それが自分たちにも身近な学校の有名人に関することであれば話題にも上がりやすかろう。

名前もよく知らない女子たちのひそひそ声はなおも続いていた。

「でも、意外だよねー。雪ノ下《ゆきのした》さんってああ見えて結構面食いなんだー」

「あー、それわかる。あんま接点なさそうなのに付き合うとか、もう完全顔目的、みたいな？」

「え、でもそれだと葉山くんも面食いみたいじゃん」

「そうなんじゃないのー？」

そう言ってくすくすと笑い合うような声は小さい。

けれど、小さいからこそそれがひどく耳障りだった。

本当に、イライラする。寝入りばなに聞く蚊の羽音や眠れぬ深夜に秒針が立てる音のような、不愉快な雑音。聞くだけでつい舌打ちが零れ出てしまう。

まるで関係ない俺でさえイライラするのだ。噂《うわさ》される当人たちはもっとだろう。よく知りもしない連中が憶測や推測、願望、やっかみ交じりで勝手なことを言いだして、その場のノリで面白おかしい方向へ話を転がしていく。

きっとそうした連中の多くは悪意なんてないのだろう。ただ、その方が面白いから、それだけの理由だ。本気で否定や拒絶をしたところで「ネタなんだからマジになんなよ」なんて言いだすのだ。

可視化されて、否。彼女たちのことを知ったからこそ、初めてわかる。

雪ノ下雪乃《ゆきのしたゆきの》は、葉山隼人《はやまはやと》はずっとこんな環境で生きてきたのだ。容姿や能力に優れるがために、多くの期待や注目を集め、その分失望や嫉妬《しっと》も一身に受ける。

思春期の監視社会において、学校は牢獄そのもの。人気者たちは常に衆目に晒され、その他大勢は頼まれてもいないのに、善意や興味本位から監視を始める。そして、時に罰すら与えるのだ。スタンフォード監獄実験が日夜行われているようなもんだ。彼ら彼女らは頼まれてもいないのに、その使命感からより攻撃的になっていく。

そして由比ヶ浜結衣《ゆいがはまゆい》もそんな社会の中で過ごしてきたのだ。

名前のない看守たちのくだらないおしゃべりはまだ俺の近くで続けられていた。

だが、それが不意にぴたりとやむ。

何事かと見やれば、人波を割るように三浦優美子《みうらゆみこ》がずかずかやってきていた。三浦は、おしゃべりをしていた女子二人組とすれ違う間際、じろりと一瞥《いちべつ》くれてやる。

三浦の派手かつ整った容姿は正面からでも気圧《けお》されるのに、横目だと目つきの悪さも相まってなおさら迫力がある。ていうか怖い、普段の三倍は怖い。俺が睨《にら》まれたわけでもないのに、つい視線を逸《そ》らしてしまった。

俺が逸らした視線の先へ、その女子二人組がそそくさ逃げていく。

「さっきやばくなかった？　聞こえてたのかな？」

「わっかんないけど。……でも、三浦さんどう思ってるんだろうね。由比ヶ浜さんも友達なわけじゃん？」

「えー、教室で修羅場《しゅらば》とか勘弁してほしーんだけどー」

「言いながらめっちゃ楽しそうな顔してるじゃん、笑うわー」

遠ざかっていく際に漏れ聞こえた会話は聞こえなかったことにして、俺は足を急がせ、集合場所へと向かう。

残念ながらこのクソ現実では、無限に広がる青い空の下にヒーローガールは現れそうにないな……。などと思いつつ、視線を前にやった。

その先にいるのは、葉山隼人だ。

葉山《はやま》は戸部《とべ》たちと談笑していて、俺の視線には気づかない。

あるいは、気づいたうえで知らないように振る舞っているのだろうか。他のいろんなものと同じように。

考えながらぼーっと突っ立っていると、体育教師の厚木《あつぎ》による点呼が終わる。

「うし。じゃあ、好きな奴と組んで準備運動しろや」

厚木が高圧的に言うと、それぞれがペアを組んで準備運動をする流れとなった。

さーて、戸塚《とつか》と準備運動するかー、とうきうきで周囲を見回していると、俺を呼ぶ声がする。

「はちまーん！」

思わず、ぱっと振り返る。

そして、ばっちり目が合ってしまった。

のっしのっしと大地を踏み鳴らし、笑顔で手を振ってくるのは材木座《ざいもくざ》だった。なんでこいつ嬉しそうなの……。

「はちまーん、準備運動しようぜー！」

「おお……。いや、そんな野球しようぜみたいに言われても……。ていうか、今日はちょっと別の奴とだな……」

断りの文句を並べようとしたのだが、材木座はまるで聞いちゃいない。それどころか、なんか勝手にしゃべりだした。

「おっと、いくら好きな人と組めと言われたからといって、別にそういう意味でお主と組んでいるわけではないからな。そのあたり、勘違いするなよ？」

「頬《ほお》を染めて目を逸《そ》らすんじゃねぇよ気持ち悪ぃな……」

材木座から視線を外し、周囲を見渡すと、ああっ！　戸塚がもうペアを作ってしまっている！　これを言い訳にして戸塚の関節を柔らかくしたかったのに……。

「しょうがねぇな……」

諦めて、材木座とペアを組んで準備運動を始めることにした。身体を伸ばし、あるいは解《ほぐ》していく。それらが終わると材木座を座らせ、その背中をぐいと押した。

力いっぱいぐいぐい押しているのだが、材木座の場合、腹の肉が邪魔でもしているのか、なかなか倒れない。おかげで俺と材木座の顔が近くなり、鬱陶《うっとう》しい息遣いが間近に聞こえてくる。

「八幡《はちまん》、冬番が始まったな！　今期の一押しはなんだ？」

「……まだ秋アニメ消化しきってねぇんだよ。まずはそっち観てからだな」

ここ最近はなんやかんやとばたばた立て込んでいたり、受験勉強中の小町《こまち》に遠慮してしまってあまりリビングでだらだらアニメを観ているわけにもいかず、なかなかアニメ消化が捗らない。結果うちのハードディスクレコーダーちゃんはぱんぱんである。

が、材木座はかなり順調にアニメ視聴を続けているようで、なぜか勝ち誇った表情をしていた。

「ぷふーっ！　はっちまーん、おっくれてるー！　まだ秋アニメの話とかしてるでおじゃ？　マロはそんな昔のこととっくに忘れたでおじゃ。八幡《はちまん》殿はいつの時代の人でおじゃるかな？　原始人かな？」

ええい、鬱陶《うっとう》しい……。イラッと来たので、材木座《ざいもくざ》の背中をさらに強く押した。

「いだだだだだ！」

「うるせぇな、いいんだよ、俺は。アニメもゲームも自分一人で楽しめるから周りとか関係ねぇの。ていうか、お前、ついこないだギター始めるとか言ってなかった？」

「ふっ、時は移ろうものだ……。いつまでも過去にとらわれていても仕方あるまい……。時代は転天……。俺たちのディオメディアよ……。勝ったなガハハ！」

かっこよさげに言ってるけど、ただのミーちゃんはーちゃんなんだよなぁ……。

しかし、材木座の言うことにも一理ある。人の興味なんて簡単に移ろうのだ。1クールごとに推しは変わるし、節操なくトレンドは消費される。コミュニケーションツールとしての役割りを終えれば人はすぐに忘れるのだ。

「まぁ、そういうもんだよな……」

人の噂《うわさ》も四十九日……。忘れられるというのは死ぬも同義と考えるのであれば、けだし名言である。

残っていた柔軟を手早く終えて、俺も材木座も立ち上がり、持久走のスタート地点へと向かう。そこには既に他の男子も集まっていて、俺たちはだいぶ後ろのほうに並んだ。

と、その一団の中に戸塚《とつか》の姿を見つけた。

戸塚ははぁーと手に息を吹きかけいっちにっと屈伸している。俺は材木座を置き去りにし、人波をするする躱《かわ》して、戸塚の隣へ忍び寄った。

「気合い入ってんな」

声を掛けると、戸塚がぱっと振り返る。声の主が俺だと気づくと、戸塚はにこりと微笑《ほほえ》んだ。

「あ、八幡！　うん、まぁ、僕、一応部長だしね。それなりの順位とらないといけないから！」

言って戸塚は両拳《こぶし》を胸の前にやり、むんっと気合いを入れるゾイポーズ。

「なるほどなぁ、運動部は大変だな」

「まぁね。でも、葉山《はやま》くんほどじゃないかな」

言いながら戸塚は一団のはるか先、手足をぷらぷらさせながらリラックスした様子でスタートを待つ葉山を見やる。

「ほう、葉山……」

話の流れと葉山に何の関係があるのかしらんと思いながらも、相槌《あいづち》を打つ。が、さっぱりわかっていない感が滲《にじ》み出ていたのか、戸塚がきょとんとした顔で首を傾《かし》げる。

「知らない？　葉山くん、去年優勝してるんだよ」

「は？　マジかよ……」

あいつ、どうかしてんな……。引くわー。

うちの学校のマラソン大会は男子と女子という区分けしかなく、したがって去年優勝した葉《は》山《やま》は上級生にも勝ったということだ。ということは今年も優勝を期待されているのだろう。ちなみに俺は何位とかそういうレベルでなく、有象無象のその他大勢だった。

「すごかったよ。もう、最初から最後までずっと一位。僕、全然追いつけなかったし……」

戸塚《とつか》はあははと誤魔化し笑いを浮かべ、恥ずかしがるように頰《ほお》を掻《か》く。だが、戸塚が恥じることなど何一つない。俺の中では戸塚が最初から最後まで一位だ。

と、気持ち悪い励ましの言葉を掛けようとしたのだが、そんなことをするまでもなく、戸塚はしっかり前向きだった。

「でも、僕も去年よりかなりスタミナついたし……。今年はちゃんとついていこうと思って」

そして仕上げとばかりに、戸塚はぐっとアキレス腱を伸ばす。口ぶりこそ殊勝だが戸塚の瞳はひたと先頭を見据えていた。

戸塚の横顔はきりっとし、確かに戦う者の顔だ。可愛《かわい》いだけではない表情に、俺は驚きと感動をもって見惚《みと》れてしまう。

ぼうっと無言で見つめていると、戸塚が不意に振り向く。

「八幡《はちまん》のおかげだね」

「……え？　あ、俺、なんかしたっけ」

俺がワンテンポ遅れて反応すると、戸塚はくすりと笑う。

「前に八幡たちが相談に乗ってくれたから」

「あ、ああ……。いや、あんま関係ないんじゃないか」

確かに戸塚は奉仕部に相談に来たが、あの時は結局大したことができなかった。戸塚の役に立てたかはかなり怪しい。今現在の戸塚があるのは自身の努力の結果だ。

そう言うと、戸塚は静かに瞑目《めいもく》し、ゆっくりと首を振る。そして、半歩近づき、俺の真正面に立った。

「そんなことないよ。……だって、あの時、言ってくれたでしょ?」

まっすぐ俺の目を見る戸塚。

あの時、俺は何を言っただろうか……。思い出そうとしていると、戸塚はにっこり微笑《ほほえ》み、その言葉を口にする。

「死ぬまで走れって」

「お、おう……。え、そんなこと言った?」

マジで? まったく記憶にねぇ……。あれかな、ハルシオンとか飲んじゃったかな……と、か困惑しまくっていると戸塚がからかうように正解を告げる。

「うん。雪ノ下《ゆきのした》さんがね」

「あ〜……」

言ってましたね……。あいつ、自分はまったく体力ないくせに棚に上げまくって……。今さらながら雪ノ下《ゆきのした》の過去の所業にドン引きしてしまう。

「だから、結構ちゃんと走り込みしてたんだ」

だが戸塚《とつか》はむしろ感謝しているかのように瞳をキラキラさせていた。やだわ、戸塚ったら真面目だから危うい雰囲気が漂ってる……。

「そんなパワハラ発言、真に受けちゃだめだぞ。就職したら会社に使い潰《つぶ》されちゃうからな。ていうか、それ俺が言ったことじゃないんだけど……」

「でも、八幡《はちまん》が相談に乗ってくれたから、雪ノ下さんも手伝ってくれたんだと思うし……。だから、やっぱり八幡のお陰なんだよ」

「そうか……そうかぁ？　……まぁ、そういうことにしておくか」

「うん！　そういうことにしておこう！」

なんて話をしているうちに、厚木《あつぎ》をはじめとした体育教師たちが準備を終えてぞろぞろとやってくる。中には自転車にまたがっている教師もいて、監視体制はばっちりだ。

これはサボれないな……と思っていると、戸塚が「あ」と何か思い出したような声を上げる。

「テニス部は上位に入らないとダメだからね！」

口元に両手を添えて戸塚が言うと、それに反応した連中がぴくっと背を跳ねさせ、こちらを振り返る。おそらくはテニス部の連中なのだろう。

おお、鬼部長や……。さぞかし恐れられているのだろうと思いきや、テニス部連中の表情はニコニコ笑顔で戸塚に手を振り返していた。愛され部長や……。

だが、彼らの反応に戸塚はむーっと頰《ほお》を膨《ふく》らませ、腰に手を当て不満げな様子だ。

「みんなわかってるのかなぁ」

俺はそのやりとりを呆然《ぼうぜん》と眺めていた。なんというか、戸塚のこういう活発で積極的な姿というのはあまり見たことがない。

「……似合わない？」

戸塚は少し照れたようにこちらの様子を窺《うかが》ってくる。

「いや……」

言葉に詰まってしまったのは驚きだけが理由ではなく、単純に、見惚《みと》れていたからだ。たぶん今までに見たどんな戸塚の仕草よりも、一番心が揺れた気がする。

「部長っぽいなって思っただけだ」

言うと、戸塚はふふっと笑った。風になぶられる髪をそっと手櫛で整えると、むんと胸を張ってみせる。

「結構ちゃんとやってるでしょ？　……ちょっと頼りないかもだけど」

恥ずかしがるようにはにかみ笑いで言い添える戸塚に、俺は軽く首を振る。

「そんなことねぇよ。めちゃめちゃ頼りになりそうだ」

「そう？　……じゃあ、八幡《はちまん》もなにかあったら頼っていいからね！」

そして、戸塚《とつか》は冗談めかしてとんと自分の胸を叩《たた》く。

「ああ。なんかあったら……そん時は頼む」

言うと、戸塚は目をぱちくりさせて驚いていた。いや、俺も自分で言って少し驚いている。俺にしてはずいぶんと素直な答えが口を衝いて出たものだ。けれど、今更言い直したり、言い足したりする気は起きない。

戸塚はしばしば呆然《ぼうぜん》と俺を見ていたが、やがて、うんと大きく頷《うなず》き返してくれた。

×　×　×

「はちまーん！　一緒に走ろっ♪」

そう言って追いすがってくる材木座《ざいもくざ》を振り切って、俺は快調に飛ばしていた。

嘘《うそ》。材木座は振り切るまでもなく勝手に脱落していったし、俺はだらだら走っているので、低調に飛ばしている。

そうこうして、孤独にたったかたったか走っていると、課せられた距離の半分を過ぎた。へけっ！　いや、それはとっとこだったな……。

授業での持久走の距離は四キロだ。学校の外周をぐるぐる回る。ふえぇ……。こんなにぐるぐる回ってたらバターになっちゃうよ……。

などと、すごいどうでもいいことを考えながら走っていると、やがて、中盤グループに追い付いた。毎日自転車漕いで学校に通ってるおかげか、平均くらいの体力はあるらしい。

もっとも、中盤と言っても、トップグループの連中と、さっさと走り終えて長く休んでいた い連中の他はみんなやる気がないので、この層も全体では後半に含まれるのだろうが。

そこで、戸部《とべ》たちを発見した。

運動部の連中が普通に走っていてこのタイムってことはないだろう。わざわざ確認するまでもなく、彼らも流して走っているのだ。

適当におしゃべりをしつつ、時に肩を叩いたり、頭を小突いたり、意味もなくダッシュして競走してみたり、そんなどこか微笑《ほほえ》ましいじゃれ合いをしている。もし、俺がお下げ髪の委員長キャラだったら「ちょっと男子ぃ、真面目に走りなさいよねー」と注意し、「うっせぇブス！」って言い返されて泣き、帰りの会で吊し上げてるところだった。俺がお下げ髪の美少女委員長じゃなかったことに感謝してもらいたいところだ。

だが、ふざけているのは戸部、大和《やまと》、大岡《おおおか》のいつもの三馬鹿だけで葉山《はやま》の姿は見受けられなかった。

ちょうどいい。噂話云々《うわさばなしうんぬん》については戸部に確認しておかないといけないことがある。

ひたすらふざけ続ける三馬鹿サンバカーニバルをストーキングしながら、三人の後ろについて走る。が、走っているとなかなか話しかけるタイミングが見つからない。嘘《うそ》！　今、八幡《はちまん》、自分に嘘ついた！　止まっててもそんなタイミングはつかめない！

特に信号があるわけでもないから、なかなか難しいな……。と、ばくだんいわ並みにひたすら様子を窺《うかが》っていると、戸部《とべ》が走りを止めた。

「先行っててていいわー」

大岡《おおおか》たちにそう声を掛けて、しゃがみこむ。どうやら靴ひもを結んでいるらしい。きゃはっ☆ラッキー！　このタイミングで戸部に話しかけちゃおっ！

「なぁ」

「うおっ！」

背後に立って声を掛けると戸部がまるで受け身でもとるようにくるっと転がってこっちに振り返った。

「んだよ、ヒキタニくんかよー。いたんなら言ってよー。超ビビったわー」

いや、ビビるにしてもアグレッシブすぎるだろ……。まぁ、ぶつくさ言う戸部の文句は無視して、こっちの用件を済ませよう。

俺はくいっと顎《あご》で前方を指し示し、戸部に走るように促《うなが》して足を動かした。ここで立ち止まり続けてたらおかしいし、教師が巡回に来ないとも限らない。それに応じて、戸部も俺と並んで走り始める。

いくらか走ったところで戸部は首を捻《ひね》った。なぜ俺が一緒に走っているのか不思議に思っているることだろう。俺もさっさと本題に入りたいところだ。

が、俺より先に戸部が口を開く。ぷはあっと安堵《あんど》にも似たため息を吐《つ》くと、俺に情けない感じの笑顔を向けてくる。

「いや、でも、あの噂《うわさ》聞いた時、ほんと冷や冷やしたわー。誰にも言えねぇしよー」

「あん？」

急に何の話かと半眼で見やると、戸部は額の汗を拭《ぬぐ》う。

「だって、隼人《はやと》くん、イニシャルYっつってたべ？　その話知ってん奴ってほぼいねーしさー」

「…………」

いきなり持ち出された話題に、一瞬反応が遅れてしまった。だが、次第にいくつか要素が絡むにつれ、それは明確な像を結ぶ。

あの、夏の日の夜。

暗がりの中で、騒がしく聞き続ける声に堪えかねたように絞り出されたイニシャル。

千葉村での葉山《はやま》たちとの一幕が思い出される。あの時、確かに、葉山は好きな人のイニシャルをYと言ったのだった。

ほんのわずかな時間、ただ無意識に足を送り出していた俺の顔を戸部が窺うように覗《のぞ》き込んでくる。

「今の時期、その話とかできないっしょや？」

「お、おう……」

こいつ今思いっきりその話しちゃってんだけど、あれかな？　こいつは王様専属の床屋さんか何かなのかな？　俺は何でも叫んでいい穴じゃないんだが……。

「いや、ねぇってわかってても、聞いちゃったこっちとしては普通にビビんじゃん？」

戸部《とべ》の言わんとすることを正しく把握できてしまう。

「……まぁ、ないよな」

戸部に同調しているようで、その実まるで違うことを言っているんじゃないかと心配になる。急に核心を突いた話をされてしまったがために、少々びっくりしてしまったが、ことによってはこれは好都合ともいえる。

「葉山《はやま》は……、どうなんだ。あの噂《うわさ》が出てから」

「どうって……別に変わんねぇと思うけど」

問うと、戸部ははぁんとかほぉんとか間の抜けた声を出しながら首を捻《ひね》る。ちんたらちんたら走りながらもしきりに首を捻るものだから、あっちへふらふらこっちへふらふら何とも危なっかしい。が、やがて、何かに思いついたのか、ぱしーんと拳《こぶし》で手のひらを打った。

「どっちかっつーと、あれじゃね？　隼人《はやと》くんっていうより周りが変わったっつーほうがでかいんじゃやね？」

「あ？」

戸部が戸部の割りにはえらくまともなことを言ったので、ついつい聞き返してしまった。戸部はもっと戸部らしくあるべきで、的を射たまっとうな発言をするなんて戸部のくせに生意気だ！　戸部はちゃんと戸部という自覚を持つべきだと思う。もっとこう、ウェイとかステイとかハウスとかそういう単語をちゃんと言葉の中に混ぜてうざったくしゃべってくれないと戸部語として認識できなくて困る。

だが、俺の祈りも空しく、戸部はなおもまともなことを言う。どころか、俺が聞き返したがために戸部の言い方はより懇切丁寧《ていねい》になった。基本はウザいんだけど、こういうところは普通にいい奴なんだよなぁ……。

「いやさ、隼人くんはいつもとおんなじだけど、やっぱみんな微妙に気を遣うっつーか？　隼人くんが告られたりとかしてるじゃん？　そうすっと周りは興味本位で話題に出すからさ。そんで優美子《ゆみこ》もちょっとピリつくし」

こいつはこいつで結構気を遣っているようでふーっと重いため息を吐《つ》く。俺にとっては他人《ひと》事《ごと》なのだが、本人にとっては深刻な話だ。誰ぞにでも愚痴《ぐち》めいたことを吐きたくもなるだろう。葉山の属するコミュニティと直接的なかかわりこそないが、うっすら関係者である俺なんかはちょうどいい聞き役といえる。

戸部は気疲れが溜まっているのか、ストレスでハゲそうなオウムのように、襟足《えりあし》を鬱陶《うっとう》しそうにがしが引っ張り、また深く息を吐く。

「それに、結衣《ゆい》もさー」

「まぁ、由比ヶ浜《ゆいがはま》も敏感に空気読むからな」

「いやいやそっちじゃなくて」

じゃあどっちだよ、と横に並ぶ戸部《とべ》を見ると、戸部はぶんぶん手を振っていた。

「あいつ、あれで結構モテっから。結衣まわりも結構ざわついてるわけ」

「……そうか」

ほんの一瞬、息が詰まった。

けれど、驚くようなことでもない。由比ヶ浜が男子から人気があるだなんてこと、ずいぶんと前から知っていたことだ。実際、体育祭の準備の時なんかはどこぞの男子が親しくなろうと由比ヶ浜に声を掛ける姿も見ている。

だから、俺が息を詰まらせた理由は由比ヶ浜がモテるという事実、それ自体ではない。もっと別のものだ。

おそらくは、あのくだらない噂《うわさ》を耳にして、抱いたものと同じ種類の感情。緑色の目をした化け物が身の内をのたくるような不快感。

腹の中を何匹もの化け物が跳梁跋扈《ちょうりょうばっこ》しているなんてのは最悪な気分だ。そのうえ、そいつらはどれもとびきりに醜くて滅法しぶといときてる。

こんな時は走るに限る。エンドルフィンをドバドバ出してアヘ顔ダブルピースでゴールテープを切れば多少はすっきりするだろう。

それまでのとろとろしたペースをやや上げる。すると、つられたのか戸部も速度を上げた。

「なぁー、ちょ、ヒキタニくーん」

そして俺に追いすがるようにして話しかけてくる。なに、お前も走ったせいでエンドルフィン出ちゃってんの？　気安く話しかけんなよ、友達かと思うだろ。

「っつーか、ヒキタニくんとかどうなん？」

「何、どうとかちょっと意味わかんないけど」

いきなりの問いかけにそっけなく答えると、戸部は妙に生ぬるく優しい微笑《ほほえ》みを浮かべて、俺の肩をぽんぽんと叩《たた》く。……ああ、鬱陶《うっとう》しい。

「いや、そういうのいいから。わかってっから。だいじょぶだから。別に誰かに言うとかイジるとかねぇから、安心していいから」

「何をだよ……」

俺がうんざり顔で言うも、戸部はさっぱり聞いていない。ただ、自分が話したいことだけを口にする。それも照れているせいか迂遠《うえん》な言い回しでもってもじもじしながら言うせいで、鬱陶しいことこの上ない。

「ただほら、参考に聞いときてぇじゃん？　どうすればそうなるのか。いや、俺とヒキタニくんが状況違うのはわかってけど？　ヒキタニくんの場合、結衣《ゆい》とは部活も同じだし？　いろいろ……あれ？　ちょい待ち。雪ノ下《ゆきのした》さんも同じ部活じゃね？　……あれ？　結衣？　あ、や、雪ノ下さん？　んー……」

どうやらミステリーハンターの戸部《とべ》さんはここでミステリーにぶち当たってしまったのか、はてと首を傾《かし》げた。よし、ハンターチャンス！

「そうだな、部活が同じってだけだ」

余計なことを言われる前に、戸部が今しがた口にした単語を流用して先に答えてしまう。と、戸部はきょとんとした表情をした。

「え、それだけ？　マジ？　や、でも朝とか一緒で……」

「お前だって一色《いっしき》と同じ部活で、朝顔合わせてもなんかあるわけじゃねぇだろ」

言うと、戸部はぱしーんと手を打って、両手の人差し指をびしっと俺に向けてくる。……ああ、鬱陶《うっとう》しい。

「それ！　それだわー。マジ納得あるわー。ヒキタニくん、マジ、ネゴシエストじゃね？」

ネゴシエーターが正しいんだよなぁ……。なんでこの人、日本語も英語も変なんだろう……。

「いや、でもでも、いろはすみたいに、部活一緒で超アピッてる場合もあるわけで」

「ああ……」

ふと、クリスマスの頃の出来事が思い出された。

あるいは、一色いろはが距離を詰めようとしたことも現在の葉山隼人《はやまはやと》の在り方に何かしらの影響を与えたりしているのだろうか。

そんなことを考えていると、それまでテンション上がりっぱなしで騒がしかった戸部が急に静かになった。

「あー、いや、わり。今のやっぱなし。ネタにしていいやつじゃなかったわ」

「……意外だな」

まるで自己嫌悪するかのように苦い顔をし、戸部は俺から目を逸《そ》らす。悪いと、そう口にした言葉は俺に対してではなく、ここにはいない誰かへの謝罪だろう。その真摯《しんし》さが普段やたらに騒々しい戸部のイメージとは重ならない。

言うと、戸部は先の自分の軽口を反省しているのか、気恥ずかしそうに首筋を掻《か》く。

「いろはす、真剣だったし、……たぶん隼人くんもマジで考えて答え出したわけだし?」

「マジで考える、ね」

事実、葉山は真剣に考えたのだろう。きっと葉山のことだけでなく、一色のことだけでなく、他の多くのことを含めて。それは修学旅行の時から、否、もっと以前から、変わらない。そうやってあいつはいろんなものを繋《つな》ぎ止めて、いろんなものから繋ぎ止められている。

繋ぎ止めているものの一つに、今、俺の隣で友のことを誇らしげに語るこの男も含まれているのだろう。

「いや、そりゃそうだべ！　だって隼人《はやと》くんだぜ？　こう、適当ぶっこいてヤな思いとかさせねぇっつーか？」

「……信頼してんだな」

思わず言うと、戸部《とべ》が目を丸くした。

「いや、なにそれ、そーゆーんじゃなくね？　なに、まぁ、隼人くん頼りになるっつーか？」

信頼という言葉が恥ずかしいのか、戸部は寒さと照れとで顔を赤くしながらあれこれ言葉を言い換えようとする。おい、そういう態度やめろよ！　言った俺が一番恥ずかしいじゃねぇか！

戸部は気恥ずかしさを打ち消そうとしたのか、とんと自分の胸を叩《たた》いて言葉を続けた。

「いや、マジ俺、隼人くんには超助けられてっから。そこ自信マジあっから」

「別に誇ることじゃねぇだろ……」

俺が言っても、戸部は特に卑下する様子もなく、っかーと唸《うな》って襟足《えりあし》をしきりに引っ張る。

「っべー、マジ借り、借りまくりんぐだべー」

「そのうち返してやれよ」

「それな！　ほんとそれ。……まぁ、そんな必要ないっぽいけど」

最初こそいつもの適当な口調だったのに、言葉尻の勢いはしぼんでいた。戸部にしては至極《しごく》真面目な顔つきになったのが気になって、視線で言葉の先を促《うなが》す。すると、すると、戸部は軽く頰《ほお》を掻《か》いた。

「俺はよく相談とかすっけど……、隼人くんから相談されたことはねぇからさ、困ってても
たぶん俺わかんねぇんだわ」
そう言って戸部はにかっと笑う。それは前から吹き付けてくる空っ風に似ていた。湿り気は
ないのに、どこか寂しい。
それきり黙ってしまうのはあまりに気まずいので、俺は何か言うべき言葉はないかと探して
ふと思いつきを口にする。
「……まぁ、あれだ。悩みがないから相談しないのかも知れねぇだろ」
「それな！　隼人くんイケメンだし！」
「いや顔は関係ねぇだろ。……それに、ディスティニィーんときとか気ぃ遣って助けてたろ。
あんときはあいつも助かったんじゃねぇのか、知らんけど」
「それな！　隼人くんイケメンだし！」
今度はちゃんと顔関係あったな……。
話すうちに戸部はいくらか気が晴れたのか、走る速度を少し上げた。冷たい風が吹く度に、
さみぃさみぃと一人ではしゃいでいる。
やがて、前方に大岡《おおおか》と大和《やまと》の姿を見つけた。どうやらなかなか追いついてこない戸部を気に
して、ペースを落としていたらしい。
「じゃ、俺あいつらに追いつかないとなんで行くわ」

「ああ」

短く返事をすると、戸部《とべ》は手刀を切るように俺に軽く手を上げ、猛然とダッシュした。大岡《おおおか》と大和《やまと》を大声で呼び、手を振りながら駆け寄っていく。それをあの二人は「やべ、きた！」「逃げろ」なんて言いながらさらに先へと走って行った。

逃げる二人も追いかける戸部も楽しそうで何より……。

×　×　×

戸部と別れてからも黙々と走っていた。

持久走は男子のコースが学校の周りを大きく外に回り、女子はその内側を回る。結果、正門と通用門がある区画は二つのコースがちょうど重なることになる。

もっとも女子は男子の半分の距離しか走らないので、男子がその区画にやってくるころには女子は既にそこを抜けてしまっていることが多い。

無論、走る速度には個人差がある。また、やる気だって人によってまちまちだ。だから、とろとろだらだら歩くように走っているせいで、男子に追い抜かれてしまう女子もいるのだ。

例えば、まさに今、俺の目の前をとろとろ申し訳程度に腕を振ってジョギング中の女子三人組のように……。

「ていうかうちらやばくない？　くっそ遅いんだけど」

「やばいよね、ていうかマラソンとかやばくない？」

「わかる」

「ほんとそれ。うち、体力ないしさー」

この人たち、おしゃべりに夢中なようで、周りのことなどまるで視界に入っていないらしい。さっきから、うちらうちらと大変かしましい。なんなのこの陽気な女子三人組。ギターと三味線じゃかじゃかじゃか鳴らして漫談でもするの？

仲良しなのはとてもいいことだと思いますけどね、ええ、でも、三人仲良く並ばなくてもいいんじゃないですかね。ぼく、通れないいんですけどね。変に距離を詰めてしまうと大変気持ち悪がられてしまうので、さっきからとても気を遣って、適切な距離を保とうとしているんですけどね。うふふふ……。

ていうか、マジ道で広がってんじゃねぇよ。困んだよ。特に、三人組の真ん中。その赤っぽい色したショートヘア、お前だお前……。

と、そいつの後頭部を睨《にら》み付けていると、なんだか見覚えがある。

誰だったかな……。川なんとかさんではないんだよな。確か、なんとかオリジナル……ツクダ？　いや、セガサミー……。違うな……。サガミ？

ああ、そうか相模《さがみ》だ。

俺と同じクラスで、かつては文化祭の実行委員長や体育祭の運営委員長をやっていた、肩書きは立派なさがみんこと相模南《さがみみなみ》である。

他の二人はちょっと見覚えがない。体育は数クラスが合同になってやるし、まぁ、おそらくは他の組の人だろう。

ぱっと見た様子だとこのモブ子とモブ美、相模とはそれなりに親しそうだ。

三浦《みうら》や川崎《かわさき》のように目立つ容姿というわけでもなく、さりとて別に可愛《かわい》くないわけでもない、クラスで8番目とか9番目とかに可愛い子くらいの感じである。……よし、8番目に可愛いほう、お前は今日からモブ子だ！　もう一人はモブ美でいいや。

もはや走る気もないのかただ手を大きく振って歩いてるだけのモブ子が身体を斜めにし、相模とモブ美のほうを向く。

「聞いた？　あれマジ修羅場《しゅらば》じゃない？」

「あー、三浦さんと由比ヶ浜《ゆいがはま》さんねー」

相模はさすがにうちのクラスだけあって、修羅場というキーワードだけで件の噂話《うわさばなし》についてだと当たりをつけたようだ。

「そう、それそれ。実際どうなんだろうねー？」

モブ子が我が意を得たりとばかりにはしゃぎ、興味津々といった体《てい》で話を膨《ふく》らませようとする。するとモブ美が何やら訳知り顔でふむふむ言い始めた。

「なんかさー、いい子っぽい方が闇深い感じあるよね。あけおめＤＭとかみんなに送るタイプっていうの？」

「ぽいっ！　由比ヶ浜さん、ぽいっ！」

モブ子が地団太を踏むように地面をぱたぱた踏んで爆笑している。ポイポイ言ってるこいつはなんだ。ソロモンの悪夢でも見せてくれるっぽい？

モブ子のリアクションの大きさに気を良くしたのか、モブ美は白い息を盛大に吐くと、くっていたサイドテールを一撫《な》でして大人ぶった皮肉げな笑《え》みを浮かべる。

「いい子なんだけどなんか、……あれだよね」

「わかる、あれ。ね、さがみん」

「あー、ね！」

うんうん頷《うなず》いたモブ子が相模に振ると、相模はサルがシンバル持ってるおもちゃみたいにバシバシ両手を叩《たた》いて、爆笑していた。

てめえこの野郎。相模だか岡本だか忘れたが、体育祭の時とか由比ヶ浜に世話になったくせに何言っちゃってんのこいつ。どんだけ薄っぺらいんだよ、薄々じゃねぇか……。

気づけばぐっと拳《こぶし》を握りこんでいた。

ああ、なるほど。

ようやく実感できた。

人間関係を何の問題もなく、うまくやれる奴などいない。

それは由比ヶ浜《ゆいがはま》だって同じなのだ。

ただ、あいつが器用で、優しい奴だからうまくやっているように人には見えるだけだ。きっとどこかには綻《ほころ》びがある。そこを気遣いや優しさや、時に勇気で補修して取り繕っているのだ。

けれど、くだらない噂話《うわさばなし》や恣意的《しいてき》なゴシップ、悪意のあるデマはその綻びを無遠慮に穿つ。

それまで、綺麗《きれい》に取り繕っていればいるほど、破壊の爪痕は醜く残る。

モブ子にもモブ美にも明確な悪意や敵意はないのだろう。おそらく由比ヶ浜本人に聞こえるような場所だったらこんな話はしていないはずだ。

だが、今は、友達同士だけの楽しいおしゃべりの時間だから、昨日見たテレビ番組の話や流行《はやり》のスイーツ情報くらいの感覚で、盛り上がれる話題として提供されたに過ぎない。

その証《あかし》とも言うべきか、モブ子の口調は至って軽い。

「三浦《みうら》さんのグループきっついよねー。寝取り寝取られ振り振られだよ。絶対揉《も》めるよね」

まるで、連続ドラマや小説の先の展開を予想し合うような気軽さでモブ子が言った。モブ美もうんうんと笑顔で頷《うなず》いている。

だが、意外なことに、ただ一人。

頷かなかった奴がいる。

「あ、あー、……うーん」

相模《さがみ》は曖昧《あいまい》な相槌《あいづち》を打つと、少し難しそうな表情で口を開いた。

「でも、結衣《ゆい》ちゃんはそれないいんじゃないかなー」

「えー？」

モブ子は期待外れと言わんばかりの声を出した。モブ美も興が削がれたのか、ふっと白い息を吐き、相模に視線だけで理由を問う。二人の反応を敏感に察して、相模はすぐさま二の句を継いだ。

「あ、ほら、あの子そういう時譲るっていうか遠慮するっていうか、女子政治はわかってる子じゃん」

言うと、モブ子とモブ美が「……あー」と、どこか間の抜けた声を出した。どうやら同意しているらしい。変わった鳴き声だなぁ……。

「まぁ、そっかぁ、そうだよねぇ、三浦さん怖いもんなぁー」

「あるある、そういうの。葉山《はやま》くんと付き合うこと確定してるなら勝負出てもいいけど、今の噂話レベルならリスクリターン合ってないよねー」

モブ子はどこかアホっぽいが、モブ美さんは、なんかいちいち怖いですね……。

とはいえ、相模が口にした女子政治というキーワードは彼女たちの琴線に触れたらしい。結果、由比ケ浜をネタにした楽しいおしゃべりタイムは終わろうとしていた。

おいおい、すごいな相模。人間的にはまるで成長している感じがないが、闇の女子力だけはちゃんと上がってる感じするぞ。

さらに、恐ろしいことに、その闇の女子力は後フォローまできっちりしていた。

「ていうか葉山《はやま》くんが女子と出掛けるってほうが意外じゃない？」

話題が切り替わろうとする潮目を正確に見抜いて、相模《さがみ》が新たなボールを放る。すると、モブ子もモブ美も的確に受け止めた。

「あー、ね」

「確かに」

二人してうんうん頷《うなず》く。そして、モブ子が舌打ち交じりにぽつりとつぶやいた。

「やっぱ顔か……」

「……いや胸でしょ」

モブ美がふっとなぜだか虚《むな》しそうに微笑《ほほえ》む。

「やばい、うちらどっちもないんだけど」

相模が言った自虐《じぎゃく》ネタにモブ子もモブ美もドワッハッハッハッと大ウケしながら、うちら陽気なかしまし娘は角を曲がって、それではみなさんごきげんようとばかりに消えていった。

おかげで、俺も目の前の障害物が取り除かれ、また走るペースを上げることができた。

冷たい風に頰《ほお》を嬲られながら、先ほどの相模たちの会話を思い出す。

ああいうおしゃべりをしているのは、きっと相模たちだけではない。程度の差こそあれ、葉山たちに関心を持つ者たちは何かの折にぽろっと似たような会話をしているのではないだろうか。それこそ、葉山と友人である大岡《おおおか》や大和《やまと》が何の気なしに単なる話題の一つとして、話してしまうくらいの気軽さで。

人気者とか愛されキャラとかイジられキャラなんていうのは、本人がいないところでも話題に上るのが常だ。

ただ、噂話《うわさばなし》やゴシップはそれを加速させ過ぎてしまう。

先ほどの相模たちではないが、たとえ、由比ヶ浜《ゆいがはま》に悪感情を抱いていなくとも、話の流れや場のノリでつい悪し様に言ってしまうことはある。

今はまだ単なるおしゃべりの一材料にすぎない。

だが、ノリも過ぎれば悪ノリだ。いずれは同調圧力に変わり、集団の意志を決定しかねない。本当に馬鹿馬鹿しい話だが、ハブだとかいじめだとかは案外、些細《ささい》な悪ノリが引き返せないところまで発展した結果だったりもする。葉山は放っておくしかないと言ってはいたが、俺としてはなるべく早いうちに、ケリをつけてしまいたい。

マンションの陰になってしまった歩道に吹く風は冷たく、目指すべきゴールは未《いま》だ遠い。

寒空の下長いこと走っていたせいで、手はすっかりかじかんでいた。その手に熱を送り込もうと、固く固く拳《こぶし》を握りこんだ。

5

そういえば、そんな**意識高い系男子**がいた記憶がある。

休日の駅前は人込みで溢《あふ》れていた。別段調べはしていないが、おそらくメッセかマリンスタジアムかでなにがしかのイベントがあるのだろう。

その賑《にぎ》わいを避けるように、メイン通りから外れ、マンション街のほうへと向かう。

目指す先は一軒のカフェ。折本《おりもと》かおりのバイト先であり、目下のところマラソン大会の打ち上げ予定の店だ。今日はその下見に行くことになっている。

集合時間までにはまだだいぶ余裕があるが、早く着く分には問題なかろう。一足先に店に入ってゆったりたっぷりのーんびりコーヒータイムを過ごすとしよう。

と、思っていたのだが、いざ店に入ると、思わぬ先客がいた。

穏やかな昼下がり、徐々に傾き始めた陽の光が差し込む窓際の席で、雪ノ下《ゆきのした》が静かに本を読んでいる。

考えてみればこの店を発掘したのは雪ノ下だし、彼女はこの近所に住んでいる。お店自体は気に入っていたようだし、早めにやってきてのんびりしていても不思議ではない。

実際、この店の雰囲気に雪ノ下はよく似合っている。

ティーカップから立ち上る湯気と硝子《ガラス》越しの日差しも相まって、窓辺に佇《たたず》む雪ノ下の姿はさながら一枚の絵画のようにも見える。ただ座って本を読んでいるだけなのに、絵になるのだ。雪ノ下雪乃《ゆきの》という少女は。

その儚《はかな》くも完成された世界へ無遠慮に足を踏み入れるのは躊躇《ためら》われた。

それに、どこで誰が見ているとも限らない。件の噂話《うわさばなし》が囁《ささや》かれている現状、余計なネタを提供する必要もないだろう。

まぁ、せっかくの休日。せっかくのプライベートタイム。全員が集合するまでは思い思いに過ごしてもいいだろう。俺も一人静かにゆっくりさせてもらおう。

そう決めると、やや奥まった席へ座り、メニューを開いた。ぼんやり眺めはしたものの、そこには見慣れぬ文字列が踊っている。

マンデリン、グアテマラ、ブラジル、コナ、ブルーマウンテン……。この青山ブルーマウンテンさんの声は聞き覚えがあるな……。他はちょっとわからん。コナコーヒーはあれか、インスタントか？　それにしても、マンデリンは飲んだら口の中が綺麗《きれい》になっちゃいそう……。それはモンダミンだし、飲むものじゃないんだよなぁ……。

さっぱりわからんが、まぁ、こういうときはブレンド一択だ。スタバでもタリーズでも椿屋珈琲でもブレンドって注文しとけばだいたい合ってるみたいなとこある。

というわけで呼び出しベルをぽちっとな。リンゴンリンゴン控えめな電子音が鳴ると、すたすたと大雑把《おおざっぱ》な足音がやってくる。

「お待たせしましたー……あ、比企谷《ひきがや》じゃん。下見だっけ。来るの早くない？」

くしゅくしゅパーマをゆるっと靡《なび》かせ現れたのは折本《おりもと》かおり。折本は水をテーブルに置いて怒濤《どとう》の勢いで話しかけてくる。

「お、おう……。悪いな急に。今日はよろしく……」

「うん、よろしくー」

「で、注文いい？　ブレンドで」

「はーい。ていうか、なんで別々に座ってんの？」

折本はオーダーをぽちぽちっとハンディに打ち込むと、窓際の席に座る雪ノ下《ゆきのした》をちらと見やる。

「いや、集合時間までは自由でいいかなと……」

言うと、折本がぷふーっと吹き出した。

「なにそれ。ウケるんだけど。意味わか」

「いやウケねぇから……。っつーかなに意味わかって。意味がわかるのかわからないのかわからないじゃん……意味わかじゃん」

文脈で判断するしかないかなりハイコンテクストな言葉だな……。意味わか、マジ意味わか。どうでもいいけど、絶対流行《はや》んない思うよ、これ。と思っていたのだが、折本の中でだけは今現在絶賛流行中らしい。なんか楽しげに笑ってるし……。

「それある！　ていうか、いきなり使いこなしてるのウケる」

「だからウケねぇから……。あと使い方これであってんのね……、わかんねぇなぁ……」

折本はひとしきりくすくす笑っていたが、その笑《え》みを収めると、ぱたんとハンディの蓋を閉じ、サロンエプロンのポケットにねじ込む。

「まぁどうでもいいんだけどさ、あの席、リザーブしてあるからそっち行って」

言って窓際の席を指差した。どうやらわざわざ席を予約しておいてくれたらしい。そういうことなら仕方ない……。

「ブレンド、あっち持ってくね」

そう言って、パントリーへと下がる折本を見送って、俺は丸めてあったコートをひっつかむと、窓際の席へと足を向けた。

「お疲れ」

ひらりと文庫本の頁を手繰る雪ノ下に声をかけると、雪ノ下が顔を上げる。

「こんにちは。ずいぶん早いのね」

「まぁ、暇だったんでな」

言いつつ、雪ノ下の向かいの席に腰かける。雪ノ下はさっとメニューを手に取ると、広げて渡してくれた。

「何にする？」

「頼んだから大丈夫」

俺の言葉に雪ノ下《ゆきのした》がはてなと首を傾《かし》げる。と、ちょうど折本《おりもと》が俺の注文したブレンドコーヒーを運んできた。

「お待たせしましたー」

テーブルに置かれ、ほのかに湯気を立てるカップ。コーヒーのかぐわしい香りが広がる。折本はトレイを後ろ手に持つとちらと壁掛け時計に目をやった。

「休憩の時に話す感じでいい？」

「ああ」

答えると、折本は頷《うなず》き返してまた仕事へ戻っていく。

俺が未《いま》だ熱そうなコーヒーにふぅふぅ息を吹きかけ、少し冷ましていると、雪ノ下がそれを不思議そうに見ている。

「いつの間に頼んでいたの？」

「さっきあっちでな……」

顎《あご》先で俺が示したのは俺がさっきまで座っていた席だ。すると雪ノ下がああと納得したように頷く。

「別の席に座っていたわけね。まったく気づかなかったわ。さすがね」

「何を褒《ほ》めてるの？　俺のスパイ適性？」

えらいにこやかな笑《え》みでざっくり刺してくるじゃん……。さてはこいつ殺し屋に向いているのでは……。などと、思っていると、雪ノ下は口元に手をやり、ふむと考えるような仕草をしている。なぜわざわざ離れた席に……と、訝《いぶか》しむような視線で俺の元居た席をちらと見た。

「まぁ、誰が見ているかわからんし一応な……」

「なるほど。気を遣っていただいたわけね。それはどうもありがとう」

「どういたしまして」

言って、コーヒーを一啜《すす》り。うん、美味《うま》い。

コーヒーは一度でもちゃんとしたものを飲むと違いがわかるようになってしまう。本格的なコーヒーを飲むと、それまで自分が飲んでいたのは泥水だったのかと愕然《がくぜん》とするし、泥水って案外うめぇなと思うようになる。まぁ、ミルとかネルとか準備するのも手間だし、激安泥水インスタントもそれはそれであり……。などと、思うさま違いがわかる男ムーブをしていると、文庫本に視線を落としていた雪ノ下が不意に口を開く。

「そういえば聞いたわ。あの噂《うわさ》」

「なに、どれ？」

俺がちらと見ると、雪ノ下はぱたりと本を閉じ、ふっと笑む。

「由比ヶ浜《ゆいがはま》さんと『他校の男子』」

「ハリーポッターのタイトルみたいに言わないでくれる?」

「勘違いされるくらいには自然に見えたってことなんでしょうけれど……。まさか他校の男子扱いなんて、さすがの知名度ね」

「まぁな……」

俺、スパイ向きすぎだろ。ふっと自嘲《じちょう》気味な笑《え》みで窓の外を見て黄昏てしまう。まぁ、あの時の俺は自然どころか不自然極まりなかったと思うが。

「ていうか今も状況的にはあんまり変わらんのがなぁ……。まぁ、ぱっと見知り合いいなそうだし、噂《うわさ》になったりはしないだろうけど」

言いながら店内を見渡してみたが、客層は先だってと同じく落ち着いた印象。高校生らしき姿はない。確認して視線を戻すと、正面では雪ノ下《ゆきのした》が目をぱちくりさせていた。

「噂……。私と? あなたが?」

「雪ノ下雪乃《ゆきの》と『他校の男子』」

おどけて言うと、雪ノ下はくすっと笑う。そして、頬杖《ほおづえ》ついて興味深そうに俺の瞳を覗《のぞ》き込んだ。

「……私とあなたはどう見えるのかしらね」

長い睫毛《まつげ》の下、掬い上げるような眼差《まなざ》しはどこか潤《うる》みを帯び、口元には微《かす》かな笑みが湛《たた》えられている。からかい交じりの声音《こわね》に、俺は肩を竦《すく》めてみせた。

「喫茶店で話す男女だからなぁ。マルチビジネスか宗教の勧誘とか？」

答えると、雪ノ下も呆《あき》れたように肩を竦めてみせる。

「どちらにせよ、詐欺師と被害者ね」

「一応聞くけどどっちがどっち？」

「私が被害者に決まってるでしょ」

「デート商法なら確実に俺が被害者だろ……」

雪ノ下は自信満々で胸に手を当てのたまっているが、どう見ても被害者タイプの動きには見えない。たいていの場合、詐欺師ほど堂々としているもんだと思うんですけどね……。第一、俺のようにあからさまに怪しげな雰囲気が漂っている奴では誰も騙《だま》されてはくれまい。見目麗しい者のほうが詐欺師に向いているのだ。

別にデート商法や美人局《つつもたせ》に限らずだが、マルチビジネスだって、美人さんから「比企谷《ひきがや》くん、夢ってあるかな？　もっとキラキラしたくない？　実はアメリカの輸入雑貨を扱ってるインターナショナルなビジネスがあるの。印税的収入を得るチャンスよ。知っているだけでも絶対に役に立つから聞いてみない？　それから判断して。私がちゃんと話してあげる。いつなら空いてる？」とか怒濤《どとう》の勢いで話されたら心が揺らぐ。結果、たまたま近くに来ていたスーパーバイザーやエリアマネージャーと引き合わされ、週末は成功者が集まるＢＢＱへと連れて行かれてしまう。

などと、あまりに具体的すぎる想像をしていると、雪ノ下《ゆきのした》がうっと声を詰まらせていた。

「デートって……」

めちゃめちゃか細い小声で言って、ふいっと顔を逸《そ》らす。はらと黒髪が流れ、胸元に一房垂れてきた。それを手櫛で梳《す》きながら、雪ノ下は困惑交じりの吐息を漏らす。

いかん、言葉のチョイスを間違えたっぽい。そういう反応されるとこっちまで恥ずかしくなるからやめてくださいよぉ！

「イルカの絵とか売りつけないでね。うっかり買っちゃうから。昔、それで親父がおかんに死ぬほど怒られてた」

俺がめたくそ早口で適当なことをぶっこくと、雪ノ下はふっと小さく笑《え》んだ。お互い肩の力が抜け、それぞれがカップに口をつける。

なんか無駄に焦《あせ》ってしまった……。なんでこんな話になったんだっけな……。と、思い出しながらコーヒーを飲んでいると、ふと思い至る。噂話《うわさばなし》についてだったな。

「……そういえば、雪ノ下はどうなんだ。あの噂のせいで変わったこととかないのか」

「私？　そもそも私の教室に近づいてくる人があまりいないから……」

確かに、雪ノ下の所属する国際教養科J組は教室が一番端にあるし、女子が九割を占めるクラスだ。そのため、独特の雰囲気があり、他クラスの人間が積極的には近づかないのだ。そういう意味では葉山《はやま》よりはいくらかマシなのかもしれない。

ただ、それでもまったく影響がないというわけでもないらしい。

「まぁ、陰でなにか言っているような人たちもいるようだけれど、それは以前からちらほらあるから判断がつかないわね……」

雪ノ下は口元に手を当て、うーんと何やら考えている。その口ぶりから、彼女の日常が垣間見えた。良くも悪くも慣れている、ということなのだろうか……。

不意に雪ノ下はふっと短いため息を吐《つ》くと、懐かしむように呟《つぶや》く。

「……でも、昔ほどひどいことはないわ」

その、昔という言葉に引っかかりを覚えた。

俺の知りえない過去。あるいは、彼女が語らない過去。そして、彼にまつわる過去。けれど、聞いていいのだろうか。本人が口にしなかったことを問うだけの権利を俺は有しているだろうか。

考えている間に、雪ノ下も別のことを考えているようだった。窓の外へ視線をやってぽつりと呟く。

「私のことより、由比ヶ浜《ゆいがはま》さんが少し心配ね……」

「大丈夫じゃねぇの。直接なんか言ってくるような奴はそういないだろうし、三浦《みうら》も海老名《えびな》さんも気にかけてくれてるわけだし」

雪ノ下がじろりと俺を見る。

「あなた、わかっているようでわかっていないのね」

「いや、なにが……」

尋ねると、雪ノ下《ゆきのした》は静かに瞑目《めいもく》した。

「この手の噂話《うわさばなし》は単なるゴシップでは終わらないことが多々あるの。周囲が勝手に盛り上がった結果、余計なお世話を焼く人間もいれば、嫉妬《しっと》や悪ノリで人格攻撃を始める人間だっている。私はそもそも関わる人間が少ないからあまり害はないけれど……」

その言葉には重みがあった。その語り口には真実味があった。

それは雪ノ下の語り口に説得力があるから、というだけではない。俺自身、心無い言葉が飛び交う姿を目にしているのだ。故にこそ、そこには確かな実感が伴っている。

おそらく、雪ノ下は実際に同じような経験をしたことがあるのだろう。あるいは、その上で自衛策として人との関わり合いを最低限のものにするという選択をしたのかもしれない。

それは一見してネガティブなものに映るだろう。だが、俺にはその怜悧《れいり》さが、冷静さが美しいものに思える。

そんな経験をしてなお、雪ノ下雪乃《ゆきの》は由比ヶ浜結衣《ゆいがはまゆい》を気遣う想いをなくしてはいないのだ。

「わかった。覚えとく……」

他にもっといい言葉があるような気がしたが、俺が言えるのはそれくらいだ。貴重な助言も、彼女の崇高さもちゃんと覚えておく。

答えると、雪ノ下はようやく微笑《ほほえ》みを見せた。

「ええ、そうしてちょうだい。私はなるべく由比ヶ浜さんと行動することにするわ。渦中の人物が仲良くしていれば多少はましでしょう。……対症療法でしかないけれどね」

最後に付け足された言葉には無念さにも似た響きがある。実際問題、そうした手を打っても、口さがない奴は偽装だなんだと言うだろう。まったくもって理不尽だ。

「とはいえ、クラスも違うしいつも一緒とはいかないから、あなたの頑張りに期待ね」

「あんまり期待されてもなぁ……。まぁ、やれるだけのことはやるけど」

そう言うと、雪ノ下は安心したように笑った。いや、だから期待はしないでほしいんだけどね……。やれるだけのこと、というのが果たしてどの程度のものかはわからない。

それでも、できるかぎりのことをしたいと思う。

俺自身、あんなくだらない噂話には消え去ってほしいと思っているのだから。

×　　×　　×

すっかり温《ぬる》くなったコーヒーを飲み終えようかという頃合い、からからカウベルが鳴り、新たな来客を告げる。そちらを見やれば、由比ヶ浜と一色《いっしき》が揃《そろ》ってやってくるところだった。

「やっはろー！」

「お疲れでーす」

ひらと元気よく手を振る由比ヶ浜《ゆいがはま》とぺこりと会釈《えしやく》する一色《いつしき》。

「こんにちは。一緒に来たの？」

雪ノ下《ゆきのした》が隣の席の荷物をどかし、テーブルの上をさっと整えながら何の気なさそうに言う。

一色はするするマフラーを外し、コートを脱ぎつつ、「あー…」と小さな吐息を漏らすと、にっこり頷《うなず》いた。

「はい。ですね」

「そうそう、お店入ろうとしたらばったり」

同じくコートを脱いでいる由比ヶ浜はくしくしお団子髪をいじりながら一色に「ねー？」と微笑《ほほえ》みかけると、俺の横の席へ腰かける。頷き返して一色も雪ノ下の隣へ座った。

集合時間には少しだけ早いが、これで全員揃《そろ》った。それを見計らったように、折本《おりもと》がぱたぱたとやってくる。

「あ、お久しぶりですー。今日はよろしくでーす」

一色はそそと立ち上がりぺこりと一礼。それを見た由比ヶ浜がぎょっとし、慌てて会釈で追従する。それに折本は笑顔で応え、ハンディを握ったままの手をふりふりする。

「久しぶり～。もうすぐ休憩入るからちょっとだけ待っててね。その間、好きなの食べてていいから。めっちゃサービスするし」

「え～、いいんですか～」

なんて会話をしながら女性陣はそれぞれにスイーツやら飲み物やらを注文していく。きゃっきゃうふふな和気藹々としたやり取りの中にあっても、俺の注文は変わらずブレンドコーヒー一択。……ていうか、俺が来た時、折本からサービス云々《うんぬん》のご案内はなかったんですがそれは。

女性陣が盛り上がっているうちにオーダーは完了、料理にドリンク、スイーツが着々とやってくる。

折本が休憩に入るまで、しばしのティータイムだ。

今回は店の下見、ということは料理の味見も含んでいる。

「へー、あ、結構おいしいですね」

「でしょ？　サラダもちゃんとしてるし！」

「判断基準はそこでいいのかしら……」

それぞれ思い思いの感想を述べながら、サレオツなカフェ飯で、ちょっとしたデリシャスパーティーを過ごす。

やがてテーブルにやってきたのは、ジェントルにゴージャスに咲き誇るスウィートネスなパルフェ。食卓のラストを、このパフェが飾ろう！

おなかいっぱーい……と、満足し、食後のコーヒーを美味《おい》しくいただく。

うーん……なかなかいいですね……。カフェ飯っつーと、「は？　鳥の餌かよ」みたいな量しかないと思っていたが、なかなかどうして俺でも満足できるものだった。これなら打ち上げで男子諸君にも好評なこと請け合い。

「うん、ここにしましょっか。あとは予算だけ決め込めればって感じですね」

見れば、一色《いっしき》もうんうん頷《うなず》いている。ご満足いただけたようでなにより……。

と、安心していると、一色がこほんと咳払《せきばら》いした。

「……で、これとは別件なんですけど」

その話の切り出し方は嫌な予感がする……。案件が一つ終わりに差し掛かり「いやー、今回もきつかったっすねー」なんて話をしている時に、クライアント側から言われがちな言葉だ。そして、多くの場合、その別件というのは無茶無理無謀な無茶ぶり案件だったりする。俺は詳しいんだ。

嫌だなぁ怖いなぁ……と思いながら一色へ視線をやる。

その視線を受け止め、一色はカップをテーブルに置いた。そして、襟元《えりもと》を正し、スカートの裾《すそ》を払い、ついでに前髪をちょっといじって居住まいを正した。

「実はちょっと相談があるんです」

そう真面目くさって一色は言う。だが、正したはずの襟元からはちょっと鎖骨が覗《のぞ》き、スカートの裾がはためく様が気にかかり、前髪が整ったおかげで、上目遣いの威力がアップしていて、真面目っぽくない。

一瞬、気を取られかけたが心を強く持ち、俺はいくらかの名残惜《なごり》しさを感じつつも一色から視線を逸《そ》らした。その手には乗らんぞ……。

「生徒会の手伝いならもうしないぞ」

「……そうですか」

一色が気落ちしたように呟《つぶや》く。その後、ちっと小さな舌打ちが聞こえた気がするけど、気のせいだよね？　いろはす？

不意に、俺たちのやりとりを見守っていた雪ノ下《ゆきのした》が咳払いを一つした。

「まさか、本当に手伝わせようと思っていたわけじゃないわよね？」

にっこりと微笑《ほほえ》みながらもその声には圧がある。口調も柔らかいのに、背筋が冷たくなってくる。一色はすぐさま姿勢を正した。

「も、もちろんです！　冗談です！　仕事はちゃんとやってます！　打ち上げの方は手伝ってもらったので、別件はこっちでなんとかします！」

「では、何の相談？」

一色の態度を見て雪ノ下が呆《あき》れたようにため息を吐《つ》いてから尋ねる。すると、一色は軽く顎《あご》に手をやり、考え考えしながら話し始めた。

「なーんかですね、葉山《はやま》先輩にちょっかい掛けるの結構増えてるみたいなんですよ」

「ちょっかいって？」

「まぁ、ぶっちゃけ告るとか。そこまではいけなくても、確認だけして、アピールみたいな」

由比ヶ浜《ゆいがはま》の疑問に一色《いっしき》があっけらかんと答える。

その言葉で先日の帰り際の光景を思い出した。無論、俺が見たものを雪ノ下《ゆきのした》と由比ヶ浜には伝えていないので、二人とも違うところに意識がいったらしい。

「確認ってどういうことかしら？」

「それでアピールになるの？」

二人が怪訝《けげん》そうな顔を向けると、一色は喉の調子でも確かめるように咳払《せきばら》いをして姿勢を正す。そして、俺に向き直った。

一色は短い、けれど熱のこもった吐息を漏らし、じっと俺に真剣な眼差《まなざ》しを送ってくる。

「先輩……。今付き合ってる人って、……いますか？」

微《かす》かに震《ふる》えた声、途切れ途切れの言葉、朱に染まった頰《ほお》。余らせた袖《そで》口から覗《のぞ》く驚くほどに白く細い手首。その手が、緊張したように胸元のふんわりレースを握りしめ、カットソーの皺《しわ》が切々とした雰囲気を伝えてくる。潤《うる》んだ瞳が、儚《はかな》げに揺れていた。

不意打ちを食らったせいで、鼓動が早くなるのを感じた。それを黙らせるためにひとつ息を呑《の》む。

「いない、けど……」

吐き出した俺の声はかすれていた。

しんと静まり返る空間。俺はもちろんのこと、雪ノ下も由比ヶ浜も黙っている。

その沈黙の中で、一色がにやっと悪い笑顔を浮かべた。

「ほら、こんな感じですよ、こんな感じ！」

「い、言い方の問題じゃん！　ね、ヒッキー？」

…………いや、そのアピール、グッとこないことはないですね、うん。ていうか、グッときました。一色いろは、なかなかやる。

「ヒッキー？」

呼ばれて、由比ヶ浜たちのほうを見るとしらっとした目つきで見られてしまった。

「……なぜ黙っているのかしら」

にこっと雪ノ下が笑う。やめろ、お前のその笑顔怖いんだよ。

「ま、まぁ、なに、あれだ。葉山《はやま》の状況はわかった。うん、よくわかった」

噂《うわさ》の真偽を確かめる、そしてあわよくば告白まで持っていく。そこまでいかなくても距離を縮めるきっかけにする、そんなところか。

今まで攻略不可能キャラだと思われていたのが、アペンドディスクでシナリオ追加、ルート解放みたいなことなのかしら……。それともファンディスクできゃっきゃうふふなシナリオが追加されてるのん？

ともあれ、これもあの噂の影響の一環といえるのだろう。

「で、お前の相談って何」

聞くと、一色《いっしき》はふふんと胸を張る。

「ライバルに差をつける方法が知りたいんですよー」

「はぁ……」

事ここに至ってもまだ諦めないというのもなかなか根性が据わっている。俺は感心半分呆《あき》れ半分無関心半分の生返事をした。それ総量1・5倍になってんな。

すると、その返事を相槌《あいづち》と取ったか、一色は聞いてもいないのに滔々《とうとう》と語りだした。

「今の状況は考えようによってはチャンスですからね。普通はみんな告ってそこで諦めるわけじゃないですかー？　その上、葉山《はやま》先輩は告られたりするのにうんざり気味なわけで、そこでわたしというある意味安パイが伏兵、間違えましたふくよかな癒やしとなるわけですよ！」

その言い直し方、無理あるなぁ……。ふくよかな癒やしとか意味わかんねぇし、別に一色ふくよかでもないしなぁ……。一色の魅力はまだ幼さを感じさせる華奢な印象にこそあるわけで……。あ、そういう話じゃねぇか。葉山と一色がどうなるとか興味ないから途中うっかり聞き流しちゃったよ。

他二人はちゃんと聞いていたのかしらと視線をやると、二人とも大真面目に聞いていた。

「安パイ……」

「伏兵……」

復唱するようにつぶやくと、由比ヶ浜《ゆいがはま》も雪ノ下《ゆきのした》もじっと一色に真剣な眼差《まなざ》しを送る。なんだか真剣すぎて一瞬室温がぐっと下がった気がしました。……穏やかじゃないわね！

が、一色は二人の視線には気づいていない。窓の外に目をやっていたからだ。

「なので、気晴らしにかるーく遊びに行くとかいいかなーと……」

傾いてきた陽の光で照らされた一色の横顔にはいくらかの憂いと穏やかさがある。

口ぶりこそ軽い調子だったが、彼女なりに葉山のことを気遣っているのだと思う。

なんだ、意外にちゃんと考えてんじゃねぇか。そういうとこ見せればたいていの男は揺らぐと思うけどな……。

「悪くない考えなんじゃねぇの」

つい微笑交じりにそう言うと、一色はぱあっと顔を輝かせる。

「そうですよね！　で、どこがいいですかねーって話なんですよ！」

「いや、そういうのお前のほうが普通に得意だろ」

聞く相手絶対間違えてんぞ。由比ヶ浜は友達からの情報なんかもあるだろうからまだしも、俺と雪ノ下とかそうやってどっかで遊ぶようなイメージまるでないだろうに。言うと、一色はぷくーっと頰《ほお》を膨《ふく》らませた。

「わたしが思いつくとこは前にもう全部試したんです！　だから、逆のアプローチが欲しいなあと」

「ああ、そう……」

すげぇな、こいつの行動力。やっぱりTOKIOのメンバーなんじゃないの？

感心していると、由比ヶ浜《ゆいがはま》が人差し指を顎《あご》に当てながら首を捻《ひね》った。

「つまり、気を遣わなくて気軽に遊べる場所……みたいなのを考えてほしいってこと？」

「平たく言えばそういう感じですかねー」

由比ヶ浜の言葉に一色《いっしき》が頷《うなず》きながら答えると、雪ノ下《ゆきのした》が柔らかな嘆息を漏らした。

「……まぁ、いいんじゃないかしら」

微笑《ほほえ》みながら言うその態度は普段よりちょっとお姉さんっぽく見える。一色もそういうときの雪ノ下には親しみを持ちやすいのか、あはっと笑った。

「ありがとうございます！　……というわけで、先輩どう思いますかー？」

「俺に聞かれてもな……」

まったくもって思いつかない。とりあえずディスティニィーランドあたりにしといたらいいんじゃねぇの、とも考えたが、そこで振られた人間にさすがにそれはちょっとね……。

だがまぁ、葉山《はやま》の趣味はよく知らんが、なんか何してもどこ行ってもそれなりに楽しそうにはして見せるんじゃなかろうか。本当に楽しんでるかどうかは知らんけど。

と、考えていると、由比ヶ浜がずいっと身を乗り出してきた。

「ひ、ヒッキーはどういうのがいいと思う？　その、参考、というか……」

「俺と葉山じゃ全然違って参考にならんだろ」

言うと、雪ノ下がくすりと笑った。

「そうね、まるで対極にいるものね」

「だろ?」

「ええ。まったく」

雪ノ下はどこか嘲笑するように同意したが、別に腹が立つでもない。

実際、対極にいるというのは間違いではないからだ。俺もそこそこのスペックホルダーではあると自負はしているが、葉山には遠く及ばない。……そして、なによりこうやって自分がハイスペックだと自負してしまう小物っぷりが葉山と対極たるゆえんなのではなかろうか。ほんと、なに、なんなの、この雑魚い小物ぶり……。まぁ、でも女子は小物や雑貨が好きだったりするから、小物な雑魚も案外好かれるんじゃないでしょうか！　ポジティブ！

などと考えていると、雪ノ下が小さく咳払《せきばら》いをした。そして、そっぽを向き、早口に言葉を付け足す。

「……でも、対極だからこそ、参考になると思うのだけれど。対極の意見の真逆を取ればそれはほぼ正解といえるじゃない。反対の反対は賛成、でしょ?」

「逆の逆は真とは限らないんじゃなかったのかよ……」

その理屈はおかしいだろ。反対の反対は賛成なのだってバカボンパパじゃないんだから……。

と言い募《つの》ろうとしたのだが、雪ノ下《ゆきのした》も、由比ヶ浜《ゆいがはま》もじっとこちらを見つめ、答えを待っている。

いや、その、まじまじ見られるといろいろ思い出して困るのでちょっとやめてください。

「……その、考えとく」

こそっと視線を外してどうにかこうにか絞り出すと、どこからともなく、ふっとかふすっとかちょっと呆《あき》れたような不満げなため息が聞こえた気がした。

「じゃあ、ちゃんと考えておいてくださいね」

一色《いっしき》がにっこりと微笑《ほほえ》みながら言う。

でも、そう言われても困っちゃうんだよなぁ……。自分のことで手一杯なのに一色のことまで考えてあげられる余裕はあまりないというか、もうむしろこっちが聞きたいくらいなんですけど……。まぁ、いいや。そのうち考えておこう。

×　×　×

メモ帳の上をかりかりとペンが走る。

最後にしゃっと大きな丸で囲うと、折本《おりもと》はペンの頭をぷにっと頬《ほお》に当てた。

折本は休憩に入るとすぐに俺たちと同じテーブルに着き、一色からの要望をふんふん聞き取って、打ち上げの概要をまとめてくれた。

折本は仕上げとばかりに自身のメモ書きをふむふむ眺める。

「オッケー、だいたいわかった。貸切でなる安ね。……まぁ、なんとかなるんじゃない？知らんけど」

そして、あっけらかんと笑って言った。

こいつほーんと適当だな……。ほんとにだいじょぶなのかしら……。と俺が疑惑の眼差《まなざ》しで見ていると、意外なことに折本はてきぱき話を進めていく。

さっと、メニュー表をいくつか取り出すと、それを広げ、ペンをふりふり説明してくれる。

「こっちがカフェメニューで、こっちがディナー。で、これがドリンクメニューね。料理はどっちのも出せるから、希望あったら言って。量と種類は値段なりで調整だけど。あと、ドリンクもモクテルとか出せるよ」

「マジですか。ちょっと諸々見て検討していいですか」

一色が前のめりでメニュー表にがぶりより、由比ヶ浜も雪ノ下もそこへ頭を突っ込み覗《のぞ》き込む。折本はそれに微笑みを返すと、さっと席を立った。

「じゃ、細かいこと店長と相談してくんね」

折本はすたすたパントリーの方へ向かい、間延びした声で呼びかける。

「てんちょー」

そこにいるのは五十絡みのダンディなおじさま。おそらくは店長なのだろう。白のデザインシャツにサロンエプロン、もじゃパーマをハンチングに収めた髭面《ひげづら》黒縁眼鏡《めがね》で、いかにもカフェ店長然とした出で立ちだ。メモを片手にあれこれ話す折本《おりもと》に、ふんふん頷《うなず》いている。

まぁ、あっちは任せるとして……と、俺はテーブルへ視線を戻す。

すると、ドリンクメニューを眺めていた一色《いっしき》がほぁ～と憧れが滲《にじ》んだ吐息を漏らしている。

「モクテルあるといいですよね～、流行《はや》ってるし雰囲気出るし。ね？」

同意を求められ、俺は適当に頷き返す。

まぁ確かに。ノンアル市場は活気づいてるからな。そんな中、モクテルはここ数年で一気に市民権を得た感がある。折からの不景気に加えて疫禍での自粛、若者の飲酒離れと理由は様々あるのだろうが、アルコール市場は縮小傾向にあると聞く。そんな飲食業界の救世主として注目されているのがモクテルをはじめとするノンアルコール飲料だ。まぁ、若者の飲酒離れは不景気のせいな気もするが……。可処分所得が低下しているために余計な支出を減らそうとした結果、若者がお酒から距離を取ったのだと考えられよう。もっとも、それはお酒に限らない。車でも家でもブランドものでも同じことが言える。これを解決しようと思うのであれば、若者にばんばん金を回す政策が必要だ。具体的に言うと、俺に七兆円（非課税）プレゼントする政策が求められているのではないだろうか。

などと、俺が政治経済への興味関心をアピールすることで未来の千葉市長選への出馬を狙《ねら》っていた一方その頃。

ガハマさんはぽけーっと口を開けっぱなしではえっと首を捻《ひね》り、おぼろげな口調でなんか言ってた。

「もくてる……。あ、中二？　中二、そんな名前じゃなかった？」

「違う」

なに『知ってる！』みたいな顔してんだよ。『思い出せてすっきりしたー』ってほっと一息つくのおかしいだろ。全然ちげぇよ。だいたいあいつの名前は義輝《よしてる》だ。まぁ、材木座《ざいもくざ》義輝をうまいこと略せばモクテルになるけど！

さて、なんて説明しようかしらんと思っていると、向かいの席の雪ノ下《ゆきのした》がふぁさっと肩にかかった髪を払い、得意げに笑《え》む。

「モクテルというのは似せた、真似たという意味のモックとカクテルを組み合わせた造語よ。ノンアルコールカクテルのことをそう呼ぶの」

「へー……」

どやのんがどやどやドヤ顔で説明するのを、はえ～と感心して聞く由比ケ浜《ゆいがはま》。そんな二人のやり取りを見てやや引いている一色。一色は「結衣《ゆい》先輩ってちょっとアレですよね……」と言いたげな顔をしていた。ていうか、小声で普通に言ってた。

しかし、三人ともモクテルに対して好意的なご様子。この感じだと、打ち上げでモクテルを出すのは決まりっぽいな……。

と、思っていると折本《おりもと》がぱたぱたと戻ってくる。

「予算だいじょぶかもー」

「マジですか!?」

勢い込んでがたっと席を立つ一色《いっしき》に折本がへへーと笑いかける。

「うん。当日、みんながホールやってくれるならって」

「え。あー……」

一色は座り直すと腕組みして、ふむと考える。

なるほど。こっちで人を出せば人件費分コストカットできるというわけだ。問題はその人員をどこから出すかだが……。という考えには一色も思い至っているようで、おずおずとこちらの反応を窺《うかが》ってくる。

「どう、ですかね? 先輩たち、手伝ってくれたりとか……? 頼れる人、他にいなくて……」

きゅるるーんと瞳を潤《うる》ませ、上目遣いに俺を見る一色。いや、そんなあざと可愛《かわい》いお願いの仕方しなくてもいいから。どの道、何かしらは手伝うはめになると覚悟はしていた。

「まぁ、ホールくらいなら……」

俺が言うと、一色はにこぱっと微笑《ほほえ》む。それと対照的に、雪ノ下《ゆきのした》はえらく深刻な表情だ。俺を気遣うように、無理に優しげな微笑を浮かべ、我が子を心配する母親のトーンで言う。

「比企谷《ひきがや》くん……。……大丈夫? ……接客業、できる?」

「それくらいはできる。っつーか、俺は普通にファミレスも居酒屋もバイト経験あるんだよ」

もっとも速攻でバックレかましているので、経験豊富というわけではない。

しかし、接客業と一口にいっても職種は様々。こと俺が経験した飲食のホールスタッフの場合は愛嬌を振りまく必要はなく、迅速確実にオーダーを取り、商品を提供しさえすればいい。接客用語だってマニュアル化されているから、基本的なコミュニケーションについても問題はない。心を殺せば余裕でこなせる。それでも辛くなったらバックレちゃえばいいんだよ！

雪ノ下《ゆきのした》は未《いま》だ俺を不安げに見ていたが、そこへ折本《おりもと》が声をかける。

「へーきへーき。あたしも当日働くし。あ、制服も貸すから安心して」

「制服いらんだろ……、内々の打ち上げだぞ……」

と、お断りしようとした瞬間、テーブルの下で袖口《そで》をちんまりと握られ、くいくいと袖を引かれる。

っおぉ……びっくりしたぁ……なに？　急にそういうことするのやめて？　と横を見やれば由比ヶ浜《ゆいがはま》がちょっと照れ照れしながらこそっと小さく手を挙げていた。

「あたし、ちょっと着てみたい……」

「え、あ、そう……」

着てみたいんじゃしょうがねぇな……。まぁ、俺もちょっと見てみたいし……。

逆に見たくねぇって奴、いる？　いねぇよなぁ!?

と、向かいの席を見やれば、雪ノ下は頭痛を堪《こら》えるようにこめかみに手を当てていた。あ、これは諦めましたね、由比ヶ浜にお願いされたら断れないのわかってるやつですね。俺は詳しいんだ。一方の一色《いっしき》はといえば、何か検分するようにむーっと目を細めて俺を見ている。

「これ、男物もあるんですか？」

「あるあるそれある」

と、折本が厨房の方へ視線をやった。そこにいるのは先ほどのダンディ店長だ。俺たちの視線に気づくと、店長はニヒルに微笑《ほほえ》み、ぐっとサムズアップしてきた。お、おう……、なんかいい人っぽいけど、絡むと面倒くさいタイプだな……。俺は詳しいんだ。

一色が話してる感じだと俺もあの格好をさせられるのだろうかと思っていると、隣の由比ヶ浜が俺の二の腕をぺしぺし叩《たた》いてくる。

「いいじゃん、ヒッキー似合うよ！」

「そ、そうか……それはどうも……」

まぁ、こうなったら仕方ない。俺も雪ノ下同様、諦めの境地に入ることにした。

「じゃ、詳細決め込んだら連絡しますね」

「うん、よろしくー」

一色と折本が連絡先を交換しつつ、そんな話をしていると、からからと来客を知らせるカウベルが鳴った。

反射的に入り口を見やると、そこには見覚えのある人物がいた。

向こうも俺に見覚えがあるらしい。ぎょっと驚いたかと思うと、すぐにじっと眇《すが》めるような目で俺を見る。そして、ふっふっと息で前髪を吹き上げた。

「あ、会長。いらっしゃーい」

折本《おりもと》が声をかけると、会長……海浜総合《かいひんそうごう》高校生徒会長玉縄《たまなわ》氏がにこりと相好《そうごう》を崩す。玉縄はその笑顔を俺たちにも向けてくれた。

「やぁ。久しぶりだね」

「あ、どーも」

一色《いっしき》が雑に返したのに合わせ、俺たちもうすと会釈《えしゃく》をする。そんな挨拶《あいさつ》でも満足したのか、あるいはそもそも眼中にないのか、玉縄は折本へ視線をやると、きりっとした顔でマックブッククエアを掲げてみせた。

「まだタスクが残っていてね……。いつもの席、いいかな。オーダーもいつもので」

「あー……。うん、空いてたら全然いいよー。空いてなかったらごめんね。コーヒーは『今日のおすすめ』があたし的におすすめだけど」

「じゃ、じゃあ、それで……」

「おっけー」

微苦笑を浮かべる玉縄を置き去りに、折本はぱたぱたパントリーへ向かい、てんちょーと大声で呼ばわった。後の対応を任せる気でいるのだろう。まぁ、まだ休憩中だしね……。ていうか、あいつ、いつものが何かさっぱりわかってねぇな……。うまいこと言い抜けるもんだなーと感心してしまう。

やがて、店長がやってきて、玉縄を奥の席へと案内しようとする。その間際、玉縄は俺をちらと見て、ふっと前髪を吹き上げた。

玉縄の相手を店長にぶん投げた折本がやれやれと席に戻ってくる。手にしたトレイには新たな紅茶とコーヒーが載っていた。

「はい、これおかわり」

「お、サンキュ」

俺たちはそれぞれに礼を言って、ありがたく紅茶とコーヒーを受け取ると、ゆっくり心静かにまた一服……したかったのだが、その静寂を打ち破るように、カタカタッターン！　とキーボードの打鍵音が聞こえよがしに響いてきた。

見れば、作業が難航しているのか、玉縄がふっと前髪を吹いては難しい顔でマックブックを睨《にら》んでいた。さらに、疲れ目なのかぎゅっと眉間《みけん》を押さえる仕草。そして続けざまに、なにか閃《ひらめ》いたようにおおっと唸《うな》り、ぱちんと指を鳴らす。今度はアイパッドを取り出し、そこにペンシルで何か書き加えている。

その仕事ぶり、もといい存在感のアピールっぷりはだいぶ手馴れている感があった。先ほどの口ぶりから察するに、もしや玉縄《たまなわ》はこの店の常連なのだろうか。

「珍しい人がくるんだな……」

それとなく聞いてみると、折本《おりもと》は微苦笑で頷《うなず》いた。

「あー、会長ね。よく来てる。なんかめっちゃコーヒー好きらしいよ。めっちゃ語るし、めっちゃおかわりする。なんか一生飲んでる」

いや、それはたぶんコーヒーが好きなんじゃなくて……。

と俺たちは苦笑いで顔を見合わせた。俺も由比ケ浜《ゆいがはま》も一色《いっしき》も察してはいるが……、まぁ、言わぬが花というやつかもしれない。

頑張れ、玉縄さん……！

と、心中でエールを送っていたのだが、向かいの席ではもっとエールが必要そうな人がいた。

「それを聞いて、この店に来づらくなってしまったわ……」

雪ノ下《ゆきのした》はしゅんと項垂《うなだ》れ、心底悲しそうにしていた。そうか……、この店、気に入ってたんだな……。

頑張れ、雪ノ下……！

6

当然のことながら、平塚静にも十七歳だった頃がある。

シャーリーテンプル、シンデレラ、バージンメアリ……。さらにはシャンディガフやモヒートといった定番カクテルのノンアルコールバージョン。

折本《おりもと》のバイト先で提供しているモクテルのレシピは多岐にわたる。スマホに送ってもらったＰＤＦデータを確認しているうちに、気怠い六限目の授業は過ぎていった。

マラソン大会までもう幾ばくもない。ということはすなわち、打ち上げまでの期日も残り少ないということだ。

そのパーリーは費用を安くしてもらう代わりに、生徒会や俺たち奉仕部がホールスタッフとして駆り出されることになっている。

それはいい。そこまではいい。

問題は、その飲み物全般を作るポジション、ドリンカーもホールスタッフの仕事だという点だ。思い返せば、俺が居酒屋でバイトしてた時も、ドリンカーはホールがやっていた。

では、そのドリンカーを誰が担当するべきか。

これは大変難しい問題だ。

打ち上げ、それも飲み放題コースにおけるドリンカーに求められる要素は大きく三つ。

まずは提供速度。ひっきりなしにやってくる注文を的確に捌き、ドリンクを大量に作るスピードが必要だ。

次に、適当さ。本来であれば、「グレナデンシロップ：10㎖」とか「レモン果汁：20㎖」とか「カットライム1個」とか細かく定められているレシピをざっくりなんとなくで済ませる大《おお》雑把《ざっぱ》さが大切だ。いちいち分量を計って作っていたら間に合わない。ついでに「カットライムがなくなったからカットレモンでいいか……。まぁ変わらんだろ……」という臨機応変な対応力を備えているとなお望ましい。

最後は諦めの良さ。これに限る。「ちょっとミスったけど……ヨシ！　飲み放題コースで味を求める奴なんていねぇからヨシ！」という客を舐《な》めきった諦めの良さこそはドリンカーに必須の素養と言えよう。

この三つの要素があれば居酒屋バイトでは即戦力どころか主戦力、先発ローテーション入りは確実だ。そのうち宴会予約が入ればシフトじゃなくても急遽リリーフ登板、荒れそうな宴会ではわざと酒類の提供速度を遅らせるストッパーとしての活躍もできるようになる。なのに、時給は全然上がらないし、契約更改のタイミングさえない。誠意とは言葉ではなく金額という名台詞を知らないのかよ。その結果、辛いときばっかり駆り出されるので心の守備は常にバックホーム体制。私はこれでバイトを辞めました。こいついつもバイト辞めてんな。

以上のことから、俺がドリンカーを担当すべきという結論に至った。

雪ノ下《ゆきのした》はきっちりレシピ通りに作ろうとするだろうし、性格的にはフロアの全体統括なんかをやらせるほうが向いているだろう。一色《いっしき》は死ぬほど適当に作って「失敗失敗てへっ☆」とか言いながら舌を出しておでここつんとやり雑にこなせるだろうが、生徒会長として挨拶《あいさつ》回り諸々やらねばなるまい。由比ヶ浜《ゆいがはま》はアドリブでアレンジかましてあられもないドリンクが雨あられと量産されてしまうので、ホールで接客に専念してもらうべきだ。折本《おりもと》もサポートに入ってはくれると思うが、勝手知ったるポジションで働いてもらう方が効率的だろう。

というわけで、スマホぽちぽちレシピの予習をしているうちにHRもするっと終わり、気づけば放課後になっていた。

クラスメイトたちが部活やら帰宅やらと教室を去り、人もまばらになっていく。俺もその流れに乗ろうと、コートに袖《そで》を通し、鞄《かばん》を肩に引っ掛けた。

と、その肩をとんとんと叩《たた》かれる。振り返れば既にコート姿の由比ヶ浜がいる。

「……ヒッキー」

「おお」

どうした、と首を傾《かし》げてみせると、由比ヶ浜はちょっと考えるような間を取って口元のマフラーをもふもふいじっていた。

「あの、今日ちょっと用事あってさ……」

言葉の続きを悩むように、由比ヶ浜は毛糸の中に顔を埋め、そっと視線を床へ落とす。だが、それも一瞬のことで、すぐに顔を上げ、いつもの調子で明るい声音《こわね》で言った。

「部活、遅れてくね。先、行ってて」

「……おお、了解」

まぁ、毎度毎度一緒に行く約束をしているわけでもない。

俺が頷《うなず》くと由比ヶ浜は少し疲れたような微笑《ほほえ》みを返して、憂鬱《ゆううつ》そうに教室を出ていく。なんだろ、歯医者でもいくのかしら……。

その力ない微笑が多少気にはかかったが、プライベートにまで干渉するのもなんだ。

由比ヶ浜の丸まった背を見送って、俺も教室を後にする。所用を済ませてから部室へ向かうとしよう。

とりあえず、このPDFをプリントアウトしたい。

ある程度覚えようと思ったら、やはり紙に限る。書き込んだりマーカー引いたりはスマホ上でもできるとわかってはいるのだが、如何《いかん》せん画面が小さいと見づらい。それに、気分的に紙のほうが頭に入る気がしてしまう根が昭和ストロングスタイルなどうも俺です。

データ印刷できる場所って学校にあったかな……と考えながら廊下を歩く。

単純なコピー機なら図書館前にあるが、スマホのデータをプリントアウトするような機能はなかった気がする。ＰＣ教室は許可を取るのが面倒だな……。生徒会室にならプリンターがあったはずだが、下手《へた》に借りを作ると仕事を手伝わされるはめになりそうだ。

となると、一度外に出て、コンビニまで行くのが手っ取り早いか……。

そう決めると、俺は駐輪場へと足を向ける。

わざわざコンビニまで行くのだ。ついでに、なにか買っておくか……。こないだ雪ノ下《ゆきのした》と由比ヶ浜《ゆいがはま》からもらったマッ缶のお返しとかお茶請けのお菓子とか……。

×　×　×

スマホをポチポチいじり、プリンターのボタンをぽちっとな。すると、がしゃこんがしゃこん印刷が始まる。

吐き出された紙束をとんとん叩《たた》いて軽く整え、雑多なプリント類をまとめて放り込んであるクリアファイルに、印刷したばかりのレシピをねじ込んだ。

店内をぷらぷら回り、マッ缶の他にも飲み物をいくつかとめぼしいお茶請けを買ってコンビニを出る。

空を見上げると、西側は朱に染まり始めていた。大して時間をかけたつもりはなかったが、冬場はあっという間に日が暮れてしまう。

夜に近づきまた一段と下がった気温にぶるっと身を竦《すく》ませて、俺は自転車に跨ると向かい風に逆らいながら、元来た道を引き返す。

学校へ戻ると、寒空に運動部の掛け声がこだましていた。

既に帰った生徒も多いのだろう。駐輪場は空いている。そのスペースに自転車を乱雑に突っ込んだ。

がちりと鍵《かぎ》をかけ、コンビニ袋をガサガサ言わせながら、昇降口へと向かう。

と、視界の端、校舎の陰に見覚えのあるお団子髪を見つけた。夕映《ば》えの照り返しを受けて桃色がかった茶髪が艶《つや》めいている。

由比ヶ浜か……。

用事とやらは終わったのだろうか。なら、俺もちょうど部室へ行くところだし、一声かけたほうがいいかな……。

そう思って由比ヶ浜の方へ足を向ける。

だが、数歩進んだところで、ぴたりと立ち止まった。

立ち止まらざるを得なかった。

暮れなずむ間際、夕差しがかすかに届く校舎裏。由比ヶ浜と向かい合うように立つ人影を視界に捉えたからだ。

思わず、ぱっと校舎の壁に隠れる。

ぴったりと背中をくっつけても、コンクリートの冷たさなど微塵もわからない。ただ、声を殺して吐き出す息が恐ろしく冷たい。

ほんの一瞬の暗がりを目にしただけ。由比ヶ浜《ゆいがはま》の前にいたのが誰かまではわからない。顔を見る余裕もなかった。

けれど、その後ろ姿で男子だとわかる。

彼女よりも高い身長や黒髪くせ毛のツーブロック、カーキ色のダウンジャケット、そのダウンジャケットの裾《すそ》をぐっと強く握りこむ筋張った手。

緊張で震《ふる》えそうな足元、意を決したようにスニーカーがざっと砂を踏む音がした、気がする。

俺は遠目に眺めることも、興味本位に覗《のぞ》くこともできず、壁際で息を殺していた。

あの光景に見覚えがある。

否、まったく同じ光景そのものを見たことは一度たりとてない。背景も人物も構図もパースもアングルもレイアウトもすべてが違う。

だというのに、そこに漂う雰囲気は酷似していた。クリスマスのディスティニィーランドや、彼誰時《かわたれどき》の校舎裏に。

だから、わかってしまう。

声は聞こえない。聞きたくなどない。

彼と彼女の会話を聞かずとも、その内容がわかる。

届くはずがないとわかっているのに、それでも俺は息を潜めてしまっていた。

砂粒を踏むことさえ躊躇《ためら》い、足音を立てないよう細心の注意を払いながら、そっと足を後ろへ送る。

慎重に一歩、二歩と下がって、ゆっくり距離を取って、踵《きびす》を返して……。

俺は背を向けた。

×　×　×

昇降口で上履きに履き替える時間さえもどかしく、踵《かかと》を履き潰《つぶ》したまま、あてもなく廊下を歩く。

このまま部室へ向かう気にはならなかった。

顔を合わせた時、どんな表情をするべきなのかもわからない。せめて、幾ばくかの時間が経てば、それなりには取り繕えるだろうか。

足の向くまま、行きついたのは本校舎と特別棟とを繋《つな》ぐ空中廊下。普段使う教室側とは別方向、職員室側を選んだのは少しでも遠回りをしたかったからなのかもしれない。

窓際にしつらえられたベンチに腰を下ろし、天井を仰ぐ。胸の奥に溜まったままだった痞《つか》えをため息で押し出すと、我《われ》知らず目を閉じていた。

けれど、瞼《まぶた》を下ろしても意味はない。

見過ごすことも見逃すことも見落とすことも慣れているはずなのに、ほんの一瞬見かけた光景は目に焼き付いて離れなかった。

背に感じる日差しに熱はない。だが、瞼《まぶた》を透ける明るさは徐々に減り、時が確かに過ぎ去っているのがわかる。

今頃、由比ヶ浜《ゆいがはま》の用事は、二人の話は終わっているのだろうか。

深く、長いため息を吐《つ》く。と、そこへリノリウムの床を打つ足音が混じった。誰か通るのか、と顔を上げかけた瞬間、雄々《おお》しい掛け声がした。

「チョップ!」

「いったぁ……」

頭頂部に鈍い痛みが走る。さすりながら見上げれば、片手で大きな段ボール箱を抱えた平塚《ひらつか》先生がにやりと笑っていた。

「何をサボっている。部活はどうした」

「あ、や……」

なんと言い繕おうかと言葉を探したが、結局それらしい言い訳は出てこず、俺は乾いた誤魔化し笑いを零すことしかできない。

それを見た平塚先生は怪訝《けげん》そうに眉《まゆ》をひそめていたが、やがて仕方ないと言わんばかりの呆《あき》れた、優しい吐息を漏らす。

「ちょうどいい。手伝いたまえ」

言って、平塚先生はついてこいと顎《あご》先で示してきた。サボっているのを見られている以上、俺に断る権利などない。

大人しく従い、俺が立ち上がると、平塚先生は満足げに頷《うなず》く。そして、抱えていた大きな箱を押し付けてくる。

「ほら、これ持つ」

「あ、はい」

平塚先生が軽々片手で持っていたから、大した重みではないのかと思いきや、その箱は存外ずっしりしている。何入ってんだよこれ……。

半眼で箱を睨《にら》んでいると、平塚先生が答えを教えてくれた。

「ちょうど進路相談会があってな。その資料だ」

「そんなんやってたんですね……」

「ああ。一色《いっしき》が半泣きでひいこら言いながら頑張ってたぞ」

楽しげに微笑《ほほえ》む平塚先生を見てはたと思い出す。そういえば、カフェに行った時、一色が何か言ってたな……。頼もうとしてた別件ってそれかぁ……。

平塚先生がつい笑みを零す気持ちもわかる。

あの一色が生徒会を率いて自分たちだけで頑張ったというのは先輩として、あいつを会長に推した身として嬉しくもあり、誇らしくもあり、そして、ちょっぴり寂しくもあり……。ですよね？　そういう微笑《ほほえ》みですよね？　いい気味だたまにはしっかり苦労を味わえ的な笑いではないですよね？　ね？　先生？

平塚《ひらつか》先生の真意を確かめるのをちょっぴり躊躇《ためら》っているうちに、俺たちは職員室までやってきてしまう。

平塚先生がからりと職員室のドアを開け、俺をちょいちょいと手招く。どうやら中まで運べということらしい。

それに従って、俺はもう一度箱を抱え直し、「失礼します……」と小声でごにょごにょ会《え》釈《しゃく》して入室。そのまま平塚先生の後についていく。

「デスクの上に置いてくれ」

「かしこまです」

これまでにも何度となく呼び出されているもとい訪ねているデスク。だが、そこにあったのは見慣れない光景だった。

普段はしっちゃかめっちゃかで書類やら封筒やら缶コーヒーやらおまけのフィギュアやらが置かれてどったんばったん大騒ぎな状態のデスクが、今日は整然と片付いている。机の上にあるのは紐《ひも》で綴《と》じられた黒い表紙の帳面と転がっているボールペンくらいのものだ。

一瞬、別人の机かと思った。ただ、回転椅子《いす》だけは背もたれをあらぬ方向に向けていて、そこに平塚先生らしさが見て取れる。

「……ここで合ってます?」

不安になって振り返ると、平塚先生がむっと眉根《まゆね》を寄せる。

「どういう意味だ……」

「や、えらい綺麗《きれい》だったんで……」

言うと、平塚先生は目を細めて、まっさらな自分のデスクを見やる。

「……ああ。まぁな。年末の大掃除がずれ込んだりなんだり……、片付けることが多くてなぁ」

そして、疲れた疲れたとぐるぐる腕を回して、肩を叩《たた》く。まぁ、あのひどい状態の机を一気に片づけたら疲れもするわな……。それじゃ、先生が頑張ってスペースを空けてくれたデスクの上に、この箱置かせていただきますね。

「ん。そしたらあっちで待っててくれ。すぐに行くから」

と、先生が職員室の奥をぴっと指差す。そこはパーテーションで区切られた一角、俺たちがいつも話すときに使う談話スペースだ。

うすと頷《うなず》きを返して、俺は談話スペースへ向かった。

ソファに座ると、革が撓《たわ》み、スプリングがぎしりと音を立てて、深く沈み込んでいく。腰を落ち着けてしまうと、ふーっとため息が漏れ出てきた。

と、そのため息を塞ぐように頬《ほお》に冷たいものが当たる。

ぎょっと振り返ると、背後から忍び寄ってきていた平塚《ひらつか》先生が俺の頬《ほお》に冷たいマッ缶を当てていた。ふっとからかうような笑《え》みを浮かべて、そのマッ缶をぽいっと俺に放る。

「ほれ」

「どうも……」

普通に渡してくれよ……。

平塚先生は向かいのソファに座ると、まぁ飲めと視線だけで促《うなが》した。自前で買ってきたものもあるが、せっかくだしいただこう。

頷《うなず》きを返して、俺は缶のタブをかしゅっと開ける。その音と、ライターが石を擦《す》る音が重なった。

頼りなげに揺れる小さな火がじりっと紙と葉を焼き、タールが強く香る。平塚先生は実に旨そうに吸うと、長く、細い白い煙をゆっくり吐き出した。

ローテーブルの灰皿を引き寄せ、たんと音高く煙草《たばこ》を叩《たた》くと、俺をちらと見る。

「もう選んだのか？」

だしぬけに言われた言葉に、俺の身体が一瞬強張《こわば》るのを感じた。

その不意打ちめいた問いはいつだかの折本《おりもと》かおりと一緒の帰路で投げかけられた呟《つぶや》きに似ていて、やはり俺の喉は張り付いたようにうまく動かない。

何を？　何が？　何の話ですか？　いきなりですね。いや急にそんなの聞かれても。

どう答えたってよかったはずだ。即座に切り返しさえすればそれで済む話だった。

一筋立ち上る煙の向こう側を見ることができず、視線は灰皿の淵《ふち》へと落ちていく。ああ、うまく煙に巻ければよかったのに。

俺は甘ったるいコーヒーを流し込み、いつものように片頬吊り上げた笑みを浮かべる。

「……なにを、ですか」

笑ったつもりだが、果たして俺はどんな顔をしていたのだろうか。平塚先生は俺をまじまじ見つめていたが、もうひと吸いフィルターに口をつけると、ふっと煙とともに微笑《ほほえ》みを漏らした。

「文理選択だよ。進路希望調査票と一緒に配られているだろ」

「は、はぁ……」

ぽかんと呆気《あっけ》にとられ、俺は間の抜けた返事をしていた。

言われて思い出したが、新学期初日にその手の書類が配られた記憶がある。噂話《うわさばなし》だの打ち上げだのですっかり失念していた。

想像とは違った話に身体から力が抜ける。そのままずるっとソファからずり落ちそうになったのを、コーヒー飲む振りして座り直した。

「ありましたね、そんなの……」

「どっちもまだ提出されてなかったんでな。悩みでもしてるのかと思ったんだが……」

先生が微苦笑を浮かべる。その優しい瞳が、「別の悩みだったか」と言っているようだった。

実際、見透かされてはいるのだろう。普段からなにかと俺たち生徒を気にかけてくれてる人だ。平塚《ひらつか》先生が一連の噂話《うわさばなし》を耳にしていないとも思えない。ただ、触れずにいてくれているのだろう。

その気遣わしげな視線から逃れるように俺は鞄《かばん》をひっつかむといろんな書類を捻《ね》じ込んであるクリアファイルを取り出した。

「単純に忘れてただけです。今、書いちゃいますよ」

言いながら、ファイルの中を探すが、乱雑に放り込んでいたせいでなかなか見つからない。結局、中身を全部広げるはめになった。

ようやく文理選択のプリントと進路希望調査票を見つけて、書き込もうとする。と、平塚先生がふむと興味深げに覗《のぞ》き込んできた。

「あの、書きづらいんですけど……」

俺がさっと紙を手で隠し、苦々しい顔を作って言うと、平塚先生がふっと苦笑を漏らす。

「いや、気になってな。……見てもいいか？」

「はぁ、でも普通ですよ？　私立文系一択で、行けそうなとこ上から順に書いてるだけだし」

「いいじゃないか見せろ見せろ～」

そう言って、平塚先生はことさらに体を前に倒す。けれど、悪ふざけのような声音《こわね》とは裏腹に、俺の手元を見る眼差《まなざ》しは真摯《しんし》な優しさに満ちていた。

「……見ておきたいんだよ」

語り掛ける声はゆっくりと、静か。その横顔は見慣れているはずなのに、どこか寂寞《せきばく》とした遠さがあった。たぶん、大人だけが見せる表情だ。俺は陶然《とうぜん》と見つめてしまっていた。

黙り込んでいたせいか、それとも俺の視線に気づいたからか、平塚先生はぱっと顔を上げると、にっと男前な笑《え》みを浮かべる。

「まーだ専業主夫とか書いてるかもしれないしな」

冗談に俺も笑って頷《うなず》く。まぁ、別に見られて困るようなもんじゃない。平塚先生は進路指導も担当しているから、どの道見られるだろうし……。宣言通り、私立文系で俺の偏差値に見合うところを適当に書いていく。平塚先生は目を細め、それを見守ってくれているようだった。

「じゃ、こんな感じで……」

「うん。ありがとう」

書き終えると、平塚先生が顔を上げる。それはどこか晴れ晴れとした表情だった。

さすがに真正面に向き合って礼の言葉を言われると面映《おもは》ゆい。

俺は「いえ」とか「いや」とか適当なことを口走り、照れくささを隠そうと先ほど広げてしまった書類諸々をざっと掻《か》き集める。

すると、平塚先生がその一枚に目を止めた。ぴっと指先でつまみ上げたのは、コンビニで印刷してきたレシピだ。

「……カクテルか？」

「モクテルですね」

「ふーん？」

なんでまたモクテル？　と平塚《ひらつか》先生が首を傾《かし》げた。

「マラソン大会の打ち上げでホールスタッフやるんで」

言うと、平塚先生がじろりと睨《にら》むように俺を見る。

「無許可でのアルバイトは禁止だが？」

「ボランティアですよ。奉仕活動です」

実際、ガチのマジでタダ働きだ。俺は半ば本気でうんざり肩を竦《すく》めてみせた。

「そうか。……ならギリギリセーフかな」

平塚先生はくすりと笑うと、モクテルのレシピへ視線を落とす。そして、ぺらぺらめくり、ほぉ～と感心したように続けた。

「にしても、最近の学生はしゃれとるなー。打ち上げでこんなん飲むのか。見た目なんかまんまカクテルじゃないか」

「雰囲気だけですけどね。素人《しろうと》が作るからこんな綺麗《きれい》にはできないですし……」

モクテルは見かけこそ本物そっくりだが、所詮はノンアルコールだ。いくら飲んでも酔うことはない。本職のバーテンダーが作るなら、鮮やかな彩《いろど》りやその場の雰囲気も手伝って気分はいくらかよくなるかもしれないが、俺の腕ではちょっと心もとない。酔いもしないのに、見た目もいまいちとなると、酒飲みからすればさぞ物足りないことだろう。特にお酒大好き平塚先生からすれば噴飯ものではなかろうか。

と思ったのだが、平塚先生は意外なことに好意的な意見をお持ちだった。

「いいじゃないか。雰囲気大いに結構。そういうのは気持ちが一番大事だ」

言いながら煙草《たばこ》を咥《くわ》え、火をつける。そして、ふっとつまらなげに煙を吐いた。

「酒もないのに盛り上がれるのは羨《うらや》ましいよ。今じゃ酒がない打ち上げなんて考えられん。というより、酒がないのは周りが許してくれないからな……」

「まぁ、オッサン連中はそうでしょうね」

俺がほーんと相槌《あいづち》を打つと、平塚先生がうんうんと頷《うなず》く。その表情にはなんだか疲れが透けて見えた。あれかな……、職場の飲み会が辛かったりするのかな……。

想像でしかないが、大人たち、特に上の世代の昭和ストロングスタイルな方々は何かにつけては酒を飲むのだろう。正月は正月で……というやつだ。当然、打ち上げ忘年会歓送迎会といったイベントごととお酒はセットになっている。そこでノンアルなど飲もうものなら、「俺の酒が飲めねぇのか！」とダル絡みのアルハラが始まってしまう。

「私も酒飲みだからなぁ……」

平塚先生がため息交じりの煙を吐く。

紫煙がほんの一瞬揺蕩《たゆた》って、すぐに掻《か》き消える。

その煙の消えた先を追うように、平塚《ひらつか》先生は窓の外へと目をやった。そこに何かあるのだろうかと、俺も窓を見やる。だが、夕暮れの空と校庭が見えるばかりでめぼしいものは見つからない。

きっと、先生が見ていたのは今この場所ではないのだろう。

「……だから、無性に懐かしくなる」

小さな声で呟《つぶや》く先生の口元には柔らかな、それでいて寂しげな笑《え》みが湛《たた》えられていた。

「酒なんかなくてもあんなに楽しかった。酔ってもないのに朝まで騒げた。ペットボトルのお茶だけでずっと話してられた」

その語り口ははるか遠く、もう帰ることのできない過日を想うものだ。寂寞《せきばく》としているからこそ美しく、取り戻せないが故に耳心地がいい。

「真夜中でも、ただの公園でも、自販機の前でも、制服のままずっと。誰も帰ろうなんて言い出さないから、そのまま家になだれ込んで、いつの間にか寝落ちして……」

懐かしそうにくすりと微笑《ほほえ》む横顔を、俺はじっと見ていた。見惚《みと》れていたと言ってもいい。この人の昔話をずっと聞いていたい気分だった。

だが、俺の視線があまりに不躾だったのか、平塚先生は決まり悪そうに身を捩《よじ》り、誤魔化すような咳払《せきばら》いをした。

「私にも十七歳の時はあったんだよ」

そう言って、平塚先生は少し恥ずかしがるように笑った。照れくさそうにはにかむ表情が常より稚《いとけな》く、在りし日の少女の面影を覗《のぞ》かせる。

「ちょっと会ってみたかったですね、十七歳の先生」

言うと平塚先生は豪快に笑った。

「ははっ！　会ってたら大変なことになってたぞ。昔の私、めっちゃ美少女でとにかくモテたからな。君なんてすぐに振られてる」

「俺が好意を抱く前提おかしいでしょ。勝手に振られてるし……。まぁ、そうなる気はしますけど」

「へ？」

平塚先生はぽけっーと口を開け、しばし目をぱちくりさせていた。が、すぐにはっと我《われ》に返ると、ふぃーっと息をついておでこを拭《ぬぐ》う。そして、すぱーっと煙草《たばこ》をふかした。

「あっぶな……。十七の時に会ってたら、コロッと行ってたかもしれん」

「ないでしょ……」

どんだけチョロいんだよ平塚静《しずか》十七歳。俄然会いたくなっちゃうじゃねぇか。ていうか、今の方がよっぽどチョロそうなんですがそれは。

先生は冗談だと言う代わりにふっと短い煙を吐くと、煙草を灰皿に押し付け、ゆっくりもみ消す。居住まいを正して、俺を見つめる優しい眼差《まなざ》しは大人のそれに戻っていた。

「比企谷《ひきがや》。君にも十七歳の時はあるよ」

「はぁ。まぁ、今そうですから……」

俺の混ぜっ返しに平塚《ひらつか》先生はうんと頷《うなず》く。

「そうだな。……十七歳だから。今だからできること、許されることがある」

諭すような声音《こわね》に、知らず俺は背筋を伸ばしていた。

平塚先生はローテーブルの上に広げたままのレシピを手に取った。

「モクテルもそうだ。大人になってしまった私には少し物足りない、お酒代わりのものでしかないが……」

平塚先生はレシピひとつひとつをゆっくり目で追っていく。そこにはジンもウォッカもリキュールも記されてはいない。カクテル本来のレシピとは似て非なるものだ。

意地悪な見方をするのであれば、それは本物を真似た、見せかけだけの紛《まが》い物だと言える。

「……けどね、君たちにとっては代替品なんかじゃない。むしろ、酔いで誤魔化さない、誤魔化せないからこそ、より純粋なものだと言える」

すっと、平塚先生はレシピを俺へ差し出す。

「大事なのは気持ちだ。それがあるなら、どんな不格好なモクテルだって、そこらの安酒よりよっぽど上等だよ」

ひらりと目の前で翻《ひるがえ》る偽物のレシピ。

けれど。

見せかけさえも取り繕えない紛《まが》い物を、認めることができるなら。

未熟なままの想いであっても、込めることが許されるのであれば。

あるいは、それは何物かになりうるのかもしれない。

差し出されたままのレシピに、俺は手を伸ばした。ぐっと握ると微《かす》かに皺《しわ》が寄ってしまったが、どの道これからぼろぼろになるくらいには読み込むのだ。別段支障はないだろう。

俺がレシピを受け取ると、平塚《ひらつか》先生は優しく微笑《ほほえ》む。それに俺は片頬《ほお》吊り上げた皮肉げな笑みを返した。

「見栄えくらいはどうにかしたいんですけどね……。味に自信がないんで」

「甘くても苦くても酸っぱくても、それはそれでいいものだよ」

「クレーム対象でしょそれ」

そして、互いにくすっと笑う。

俺たちはただモクテルについての話をしていた。そこになんらかの寓意が含まれているのは明白だが、口にすることはない。

わざわざ言わずとも充分にわかっている。

いや、わかっていたのだ。わかっていたつもりで何一つできはしなかった。その背中を押してもらった。

「そろそろ部室行きます」

クリアファイルを鞄《かばん》に突っ込み、俺はソファから立ち上がる。

「ん。まぁ、頑張りなさい」

平塚先生も俺を送り出すように後についてくる。そのまま、談話スペースを出ようとした時、背中に声を掛けられた。

「あ、そうだ」

なにかあったのかと振り返ると、平塚先生が威嚇するようにしゅっしゅっとシャドーボクシングしている。いや、何してんの……。

「打ち上げするのは構わんが、羽目を外しすぎるなよ。酒飲んだりしたら停学だからな」

「こんな打ち上げ程度で飲まないですよ……」

最後にしゅっと強めに空を殴る平塚先生に、俺はため息交じりの笑いで応えて踵《きびす》を返す。

「初めて酒飲む相手はもう決めてるんで」

そして、背中越しで勝手に三年後の予約を入れた。

×　×　×

部室へ向かう足取りはほんの少しだけ軽くなっていた。

特別棟の廊下には他に人影はなく、俺の足音だけが響いている。その足音はいつもより歩調が速く、俺を急《せ》かすようだった。

進んだ先、部室の扉が見えてくる。扉の前で一度大きく息を吐いてから、よしと小さく気合いを入れて、引き手に指を掛けた。

すっと引き手を引けば、大した抵抗もなく扉が開く。

ふわりと漂う紅茶の香り。低く唸《うな》るヒーターの音。

そして、きょとんとした顔でこちらを見ている雪ノ下《ゆきのした》と由比ヶ浜《ゆいがはま》。

「こんにちは」

「あ、ヒッキー遅かったね」

いつも通り、これまでと同じ部室の風景だ。優雅にティーカップを持つ雪ノ下も、お茶請けのお菓子をはむっと齧《かじ》る由比ヶ浜も普段と一緒。

先刻の校舎裏の光景なんてなかったかのようにさえ思える。あるいは、俺が勘違いして先走っているだけなのかもしれない。

だとしても、俺のやることは変わらない。

「うす、お疲れ」

適当な挨拶《あいさつ》をしながら俺は部室の中へ入る。

だが、いつもの席には座らない。

雪ノ下は立ったままの俺に訝《いぶか》しげな視線を送り、由比ヶ浜はなんだろ……と俺が手にしているコンビニ袋を不思議そうに見つめている。

「来たばっかでなんだけど、今日早く上がっていいか」

「え？」

二人はフクロウの親子のようにほぼ同じタイミングで首を傾《かし》げた。

「打ち上げのことで一色《いっしき》のとこ行かなきゃでな」

「そう……」

「あたしたちも行った方がいい？」

「いや、大丈夫だ。俺、ドリンカーやるだろ。で、まぁ、その打ち合わせっつーか……」

言いながら、俺はコンビニ袋からマッ缶を二本抜き取ると、それぞれの前へお供えのごとくすっと置いた。

「マッ缶でなんかモクテル作ろうかと思ってな。そのプレゼン。あ、それこないだのお返しな」

プレゼン云々《うんぬん》は単なる口から出まかせ、適当ぶっこいただけなのだが、俺の想像をはるかに超えた説得力があったらしい。

雪ノ下は頭痛を堪《こら》えるようにこめかみに手をやり、呆《あき》れた様子でため息を吐《つ》いている。由比ヶ浜もあからさまにドン引きしていた。

「はぁ……」

「ヒッキー、マッ缶好きすぎでしょ……」

「いいだろ、別に……」

二人からは散々な反応をされてしまったが、納得はしてもらえたらしい。仕方ないと諦めるように二人は頷《うなず》いた。うーん、話が早くて助かるけど、ちょっと複雑……。

まぁ、了承は得られたことだし、心苦しいがここいらでお暇《いとま》させていただこう。

「じゃ、今日のところはこれで。お疲れ」

俺はコンビニ袋を手に、すいませんねごめんなさいねぇとちょいちょいと手刀切って、そそくさ出口へ向かう。

「え、ええ……。お疲れ様」

「あ、うん、また明日……」

二人は呆気《あっけ》にとられながらも控えめに手を振ってくる。俺はそれにうすと会釈《えしゃく》を返し、扉をゆっくり閉めた。

さて、次の目的地へ行くとしよう。

元来た道を戻るように、俺は特別棟の廊下を急ぎ足で歩き、生徒会室へ向かった。

無論、一色《いっしき》にマッ缶モクテルのプレゼンをすることが目的ではない。

俺の目的はただひとつ。

一連の噂話《うわさばなし》にケリをつける。

そのためには、この噂話の中心にいる男、葉山隼人《はやまはやと》と協調体制を作りあげる必要がある。だが、葉山と話そうにも、俺と葉山の間に連絡手段は確立されておらず、現状では人づてに頼むか、あるいは張り込みで直接捕まえるかしか方法がない。

そこで頼りになるのが、生徒会長にしてサッカー部マネージャーの一色いろはだ。

どうせ葉山の部活終わりまで待たねばならないのだ。だったら寒空の下で今か今かと待ち構えるよりは、一色に連絡を取ってもらいつつ、生徒会室で待たせてもらおうという算段だ。さすがいろはす、頼りになる。

てくてく歩くうちに、生徒会室の前に到着する。俺は手にしているコンビニ袋をがさりとやり、中身を確認。マッ缶の他、ドリンクが数種類にお茶請けのお菓子がいくつかある。手土産《てみやげ》代わりにはちょうどいいだろう。差し入れと称して渡せばうまいこと協力してもらえるかもしれん。差し入れにはそういった魔力がある。それを返報性の原理とかこつけるのはいささか牽《けん》強付会《きょうふかい》に過ぎるかもしれないが、まぁ、多少気にはかけるものだ。実際、変に差し入れとかされると、「もしかして仕事しないといけないのかな……、嫌だな……、仕事したくないな……」って気分になるものだし。

とりあえず、この差し入れでご機嫌伺いつつ、生徒会室でいろはすコラボだ！　と、勢い込んで生徒会室のドアをとんとんと数回ノックし、返事を待つことしばし。

「あ、はい」

扉越し、少し驚いた様子の声が返ってくると、ぱたぱたと慌てたような足音が続く。そして、ゆっくりノブが回され、きぃと音を立てて数センチだけドアが開かれた。そこから覗《のぞ》くのはおさげ髪に眼鏡《めがね》のちょっと地味可愛《かわい》い女の子である。

「あっ、えっと……、なにか御用、ですか」

この子は確か書記ちゃんだ。若干おどおどしながら尋ねてくる。その瞳が「ふえぇ……、知らない人だよぅ……、怖いよぅ……」と言っているように感じるのですが気のせいでしょうか。

しかし、メンタルの強さには定評のある俺である。ここはあえて強気に、知り合いぶってみることにした。中途半端に開いたドアをこじ開けると、んっとコンビニ袋を突きだす。

「あー、どーも。これ、差し入れね」

「あっ、あっ、ご丁寧《ていねい》に、どうも……」

有無を言わさず、コンビニ袋を押し付けた。すると、気弱そうな書記ちゃんも受け取らざるを得ないようで、ぺこりと頭を下げてお礼を言ってくれる。いやー、だめだよー知らない人から物貰ったりしちゃー。

「あ、あの会長、差し入れもらったけど……」

とはいえ、貰ったものの扱いに困ったのか、書記ちゃんは奥にいる一色《いっしき》に声を掛ける。

すると、差し入れ、という言葉に反応したのか、奥から一色がやってきた。書記ちゃんが手にしているコンビニ袋の中を覗き込み、瞳をキラキラと輝かせている。

「わー、先輩めっちゃ気利くじゃないですか。ありがとうございましたー」

そして、キィ……と締められていくドア。いやだわ！　いろはすには返報性の原理がまったく通じてない！

俺は閉ざされゆく扉をがっと摑《つか》んで、無理くり隙間を作る。さらに顔を捻《ね》じ込み、『シャイニング』のジャック・ニコルソン状態で粘った。

「ちょっと？　過去形やめて？　なんで貰うものだけ貰って、即帰そうとしちゃってるのこの子……」

言うと、一色は小首を傾《かし》げる。

「はぁ。何か用ありました？　わたしのほうはないんですけど」

清々《すがすが》しいほどの自分基準だな、いろはす～。なに、俺は用なかったら来ちゃいけないの？　まぁ、用がないと来ないけどさ。というわけで、ちゃんと用がある。

「一色、生徒会室借りるぞ」

「は？」

一色は、今度は逆の方向に首を傾げた。

7

毎度のことながら、比企谷小町は兄のことをよく見ている。

生徒会室の窓から、夕映《ば》えの残照と無機質な街灯に照らされる中庭を見下ろす。

校庭で活動している部活動の連中は引き上げてくるときにこの中庭を通る。生徒会室からならサッカー部がやってくる様子がよく見えるはずだ。

その上、この生徒会室は会長に就任した一色《いっしき》が設備投資したおかげで、むやみに住環境が良く、長時間入り浸るには最適だ。今も、ハロゲンヒーターがみょんみょんと遠赤外線を飛ばし足元がぽかぽかしている。張り込みに格好の場所だった。

マッ缶を啜《すす》りながら窓辺に寄りかかり、ちらと外の様子に目をやる。

隣には、同じような体勢の一色がいる。指先だけが出た袖《そで》の余ったカーディガンでココアの缶を持つとそれをくぴくぴ口に運んでいた。

「葉山《はやま》先輩、なかなか来ませんね」

「ああ」

一色には既に俺の目的を伝えてある。

話を聞いた当初こそ、「えー、じゃあわたし帰るの遅くなるじゃないですかー」と面倒そうな表情をしていた一色だが、葉山の名前が出ると、不承不承、俺が生徒会室に居座るのを許可してくれた。

　俺に気を遣ったのか、他の生徒会役員たちは先に帰っている。副会長と書記ちゃんが一緒に帰っていたのが印象的だが、なんなの付き合ってんの副会長てめぇなめてんのか仕事しろ仕事。まぁ、仕事の邪魔してんのは俺なんだけどさ。

　仕事と言えば、だ。ひとつ思い出したことがある。

「ていうか、君、マネージャーでしょ。どうなの、サッカー部ってそろそろ上がる時間だったりしないの」

「さぁ？」

　一色は即答した。

「さぁって……」

　TVアニメ『まもって守護月天！』のOPじゃないんだから……。もうちょっとちゃんとマネージャーしよ？

「今の時期寒いじゃないですかー？」

　てへっ☆と超あざとく、かつ超可愛《かわい》く笑ってるけど、何こいつ、お前超可愛いな……。だが、それでいいのか……。しかし、生徒会長を引き受けさせるにあたって、その立場をうまく使って利用しろと言ったのは俺である。

こういう要領の良さも一色《いっしき》いろはの魅力であり、能力といえる。

翻《ひるがえ》して、俺はといえば要領悪すぎ。無駄に仕事しすぎ。今、こうして生徒会室で張り込みしているのだってそうだ。以前、葉山《はやま》に電話番号を教えた時に、俺もあいつの番号を聞いておけばそれで済んだ話だ。かといって、人づてに番号を聞くというのも気が引ける。

まったくなんと回りくどいのか。

俺とあいつが仲良しさんだったら、ヨーメーン！　ワッツア！　カモナマイハウス！　みたいな感じで行けたろうに。行けねぇよ。それでのこのこついてきちゃう葉山とか嫌だよ。

とはいえ、今できることは葉山が来るのをただ待つことだけだ。ぼーっと外を眺めていると、硝子《ガラス》に映った一色と目が合った。向こうもそれに気づいたのか、くすりと笑う。

「でも、なんか意外ですね。先輩がそこまでするの」

「そうか？」

ちらと一色のほうへ視線を戻すと、一色はうんうん頷《うなず》く。

「はい、ほっとけとかくだらねーとか頭わりーとか言うと思ってました」

うわー、俺、言いそー。ていうか、いろはすの俺理解度がなかなか高いな。比企谷《ひきがや》検定三級くらいならとれそう。よーし、パパ八万点あげちゃうぞー。

だがまぁ正味な話。きっと普段の俺なら先ほど一色が指摘した通りの言動をとっただろう。

そこに違和感を覚えた一色はなかなか鋭い。

「なのに、わざわざ生徒会室来てずーっと待ち伏せして……」

一色はうーんと何事か考えながら、じっと俺の目を見る。可愛《かわい》らしい瞳をしているのに、その眼差《まなざ》しはこちらの心中までも見透かしているようで、ちょっと怖くなる。だからつい目を逸《そ》らしてしまった。

すると、一色が何かに気づいたのか、ぱっと飛びのき俺と一歩距離を取る。

「……はっ！　今生徒会室で二人きりなのが噂《うわさ》になって既成事実作ってわたしに意識させたのち口説くつもりですか。その作戦には見習うところが多くて今度使わせてもらおうと思いますけどその結果次第で無理ですごめんなさい」

立て板に水のごとく淀《よど》みなく一気に言い終えると、一色はすんごい速さで頭を下げた。

「あ、うん、そうね……ぜひ使ってみて感想聞かせてくれ」

もうなんでもいいやと諦め交じりに適当なことを返すと、一色は「なんか反応薄くないですかー」とご不満な様子で頬《ほお》を膨《ふく》らませていた。

しかし、結構長い時間葉山の帰りを待っているが、一色が暇つぶしの相手をしてくれて助かった。

これはまた何かしらの形でお返しをしなければなぁ……と考えていると、ふと思い出した。

「そういや今日、悪かったな」

「今日？　は？」

いきなり何言ってんだこいつとでも言いたげな顔で、一色《いっしき》ははてと首を捻《ひね》る。ついでに半眼でじろっと俺を見るし、やっぱり「いきなり何」くらいまでは普通に言ってた。どころかさらに余計な一言まで足してくる。

「先輩の場合、今日に限らずだいたい悪いですけど……」

「そうね、ごめんね……」

しらっとした目つきで、唇尖《とが》らせそう言われると、思い当たる節《ふし》が多すぎて謝るほかない。

だが、今、謝りたかったのはそれじゃないんだよなぁ……。

「今日はなに、なんか進路相談会？　みたいなのあったんだろ？　手伝えなくて悪かったな」

「あー、それですか。いえ、いいんですよ。規模感ちょっと落としたんで、生徒会だけで回せましたから」

一色はさらりとこともなげに言う。が、口元にはふふんと誇らしげな笑《え》みがこぼれ、ちょっぴり反らした薄い胸からドヤ感が滲《にじ》み出ていて、クールを装《よそお》いきれていない。それでも、一色が自分で判断して、自分たちだけの力でやり遂げた事実は変わらない。

「……やるじゃん。結構ちゃんと会長頑張ってんだな」

選挙の頃から考えればとんでもない成長ぶりだ。本来であればもっと素直に称賛するべきなのだろうが、俺の性根《ね》が捻じ曲がっているせいで、口にする言葉もいささか捻じ曲がってしまった。それを聞いた一色はふいっと顔を逸《そ》らし、前髪をいじいじ直し、もごもご早口で何か言っている。

「……ま、まぁ、先輩たちに頼りっぱなしというのもアレだなーとは思ってましたし。だから、多少はわたしも頑張ろうかな〜とか」

ふむ、どうやらお互い性格が捻じ曲がっているせいか、俺の賛意は正しく伝わってしまったらしい。はたはたと手で頬《ほお》を扇ぐ様子を見るに、しっかりばっちり照れているようだ。

それを温かな眼差《まなざ》しで見つめていると、一色は居心地悪そうに咳払《せきばら》いを一つして、ふっと短いため息を吐《つ》いた。

「……それに、当たり前じゃないって気づいちゃったので」

「ほーん？」

言い足された言葉の意図がいまいち取れず、俺は適当な返事をしながら首を傾《かし》げた。

一色は窓の桟に頰杖《ほおづえ》ついて、夢見るように夜空を見上げ、焦《こ》がれるように呟《つぶや》く。

「なんていうか、ずっと続くと思ってたんですよね〜」

言葉こそ軽かったが、流れ星でも探すような眼差しには諦観じみた重みがあった。叶《かな》わないことを知っているからこそその過去形に胸の内がちくりと痛む。けれど、ここで黙ってしまえばそれを認めてしまう気がして、俺はいつものようにいつものごとく先延ばしの言葉を継いだ。

「なにが？」

しかし、同じく捻じ曲がった性根を持つ相手に、俺のすっとぼけは通用しないらしい。

「こういう時間とかこういう関係が、ですよ」

硝子《ガラス》に映る一色《いつしき》の口元がふっと呆《あき》れたような笑《え》みで綻《ほころ》んだ。そして、「わかってるくせに」と声もなく唇だけが動く。

ああ、わかってる。硝子の鏡像越しに目が合って、俺は顎《あご》先だけで頷《うなず》いた。

それを見た一色ははぁとため息を吐《つ》いて、くるっとこちらへ振り向く。窓に寄りかかる姿は背負った夜の闇も相まって大人びて見えた。

「ま、その当たり前を守ろうって頑張る人も結構かっこいいと思いますけどね。そんなの見たら応援したくなっちゃいますよ」

はたしてそれは誰のことだろう。少なくとも俺のことではないだろう。一色の視線は窓の外、漠然と広がる夜闇《やあん》、その向こう側へいる誰かへと向けられているようだった。

不意に一色が「あ」と小さく口を開く。

そちらに目をやれば、見下ろした先、中庭をサッカー部の連中が通りがかるところだった。

その中に、葉山《はやま》の姿もある。

ようやくお出ましか……。俺は残っていた缶の中身を飲み干すと、コートと鞄《かばん》をひっつかむ。

「一色、ありがとな」

「お気になさらず。わたしにできるのこれくらいですし」

礼を言うと、一色はにっこり微笑《ほほえ》む。その笑顔に、それじゃと返して生徒会室を出ようとし

たとき、背中に優しい声が掛けられた。

「先輩、頑張ってくださいね」

振り返ると、一色《いっしき》は励ますように胸の前でぐっと拳《こぶし》を握っている。その表情は柔らかく、眼差《まなざ》しは穏やかだ。

何を頑張れと言うのだ、ただ話をするだけだぞ、などと言い返してもよかったが、それはしない。

代わりに軽く手を振って、俺は生徒会室を後にした。

×　×　×

昇降口から足早に中庭へと回った。さっきまで暖かな生徒会室にいたせいか、風の冷たさに頬《ほお》がひりひりする。コートの前を掻《か》き合わせ、マフラーを口元までぐいと上げ、歩調を速めた。

その先に、葉山隼人《はやまはやと》がいる。葉山は戸部《とべ》ら数人と談笑しながらゆっくり歩いていた。

生徒たちの行き交うことも少なくなった時間に、反対方向からやってくる人影は目に留まりやすいのか、戸部が真っ先に俺に気づいた。

「お、ヒキタニくんじゃーん」

大きく手を振ると、葉山もまた、俺に気づき、やぁとばかりに軽く手を上げる。

「今帰りか」

そう声を掛けて、葉山たちの前で止まれば向こうも立ち止まらざるを得ない。なんとなく立ち話の一つでもしなければならないのでは、という空気になると、戸部がバーバリーのパチもんくさいマフラーをぐるぐると巻き直しながら話を継いだ。

「そうなんよ。ヒキタニくんも？」

「まぁな。……ああ、そうだ。葉山、ちょっといいか」

言って、葉山をちらっと見る。

まるで今偶然葉山への用を思いついたかのような仕草。我《われ》ながらなんと下手《へた》な芝居なのかと思うが、普段あまり人と話さないおかげか、他の連中が俺の態度を不審がる様子は見受けられない。

だが、葉山は違った。何かを察したのか、一瞬だけ怪訝《けげん》そうな視線を向けてくる。

まぁ、そうだろう。葉山は多くの人に慕われ、よくいろんな人から話しかけられる人気者だ。傍からすれば、この状況に不自然な点はない。たまたま会った知人にも声を掛けられちゃうなんてさすが隼人くんだぜ！　って感じだ。

しかし、葉山は俺のことを知っている。

俺が自分から葉山に話しかけるような人間ではないことも、生憎《あいにく》と一緒に帰るような仲でもなければ、どこか遊びに行くような間柄でもないことも。用があるときは大抵いつもろくな話じゃないことも、知っている。

葉山《はやま》は最初こそ訝《いぶか》しむ様子を見せたが、軽く頭を振ると、すぐにいつもの微笑《ほほえ》みを浮かべた。

「構わないよ。戸部《とべ》、それじゃあ……」

「お、おう。んじゃ、またなー」

葉山がちらと戸部を見ると、戸部もすぐに頷《うなず》きを返す。そして、他の連中にがやがや話しかけてその場を離れていった。

戸部たちが去っていくのを見送ると、葉山は俺に視線を戻した。そして、駐輪場へ向かおうと顎《あご》で示す。俺もそれに続く。

大半の生徒が帰った後の駐輪場はがらんとしている。他の部活の生徒だろうか、数人、騒いでいる姿が散見されたが、そいつらがわいわい言いながら帰っていくと、後には静けさが残った。風が吹くごとに駐輪場のトタン屋根がぎしぎしと鳴り、放置され錆に塗《まみ》れた自転車ががたぴし震《ふる》える。

俺は自分の自転車のロックを外し、からからとタイヤを鳴らしながら葉山の横に並ぶ。その間、葉山は特に何をすることもなく、俺を待っていたようだ。

「……それで、どうする?」

葉山が問いかけてくる。

まぁ、用があると言って声を掛けたのは俺だ。これからどうするかを決めるのは俺の役割だろう。

「ちょっと話せればいいんだが……」

とはいうものの、余人に聞かれたくはない話だ。あまり目立ちたくない。それに、こんな吹きっさらしの駐輪場にずっといるのもなんだ。どっか話せる場所はないだろうかと考える。俺んち、あるいは葉山の家……。絶対嫌だ……。

「とりあえず、どっか行くか」

「そうだな、とりあえず……」

葉山はそう答えて、校門のほうへと足を向ける。俺も自転車を押してそれに続いた。

静かな校舎に二人分の足音と、錆びた自転車が鳴らすからからと乾いた音が響く。昼は動物園かというほどに騒がしい学校だが、今は人の声がしない。

…………気まずい。

さっきから沈黙が続いてるのもそうなんだけど、それよりなにより、この構図ね。この構図。俺から声を掛けたのに、俺は普通に自転車で葉山に徒歩での移動を強《し》いるのってなんか気まずくない？　えっ、どうしよう、こういうときって自転車押して歩くのが正しいの？　それとも、いったん解散して待ち合わせ場所決めるほうがセオリー？

しばし考えて、ようやくそれっぽい答えを見つけた。ごほんごほんと咳払《せきばら》いをしてから、前を歩く葉山に声を掛ける。

「……あー、乗るか？」

「え？」

葉山《はやま》がきょとんとした顔で振り返った。何を言われたのよくわからないという表情だ。風に紛れて聞こえなかったのかしら……。なにこいつ鈍感主人公？　聞き返してんじゃねぇよ、なんか恥ずかしいだろうが。それともあれか、すっとぼけて見せることで二人乗りを拒否するとかいう高等テクニックかよ。そんな拒絶されたらもう一回言う勇気なんてなくなっちゃうだろ。乙女心舐《な》めんなよ、傷つきやすいんだぞ。

と、一通り、心中で文句を言ったあと、俺は深々とため息を吐《つ》いて、とんとんと自転車の荷台を叩《たた》いて見せる。そして、もう一度さっきと同じことを聞く。……八幡《はちまん》！　ガンバ！　勇気を出すの！

「……いや、だから乗るか、って話」

「ああ、なんだ。聞き間違いかと思ったよ」

言って葉山は柔和に微笑《ほほえ》んだ。

「じゃあ、お言葉に甘えて……」

「ああ」

俺が自転車に跨ると、葉山が後ろに回った。自転車がゆっくり沈み込み、葉山が荷台に座ったのがわかる。んじゃ、行きますかね、とペダルを踏みこもうとした瞬間。

ぽんと、いきなり肩を叩かれた。思わず、背中がびくっと跳ねる。

「え、なに……」

恐る恐る振り返って見ると、葉山は小首を傾《かし》げる。そして、自分の手と俺の肩を見比べた。

「ああ、悪い。ちょっとバランスを取っただけだ」

そう言って、葉山は俺の肩から手を放すと、後ろに体重を掛けるようにして、荷台の端を摑《つか》んだ。ふむ。まぁ、二人乗りをするときのセオリーだな。前に体重を掛ける場合は運転者の肩や腰、あるいはサドルの根っこを摑む。逆に後ろに体重を掛ける場合は今の葉山みたいな体勢を取る。ちなみに小町《こまち》は前者だよ！　ふっつーに腰に手を回してくるよ！　可愛《かわい》いよ！

ともあれ、これで準備は済んだ。改めてがしっとペダルに足を掛けて、葉山に問う。

「行っていいか」

「いつでも」

軽い調子の声が返ってきて、俺は力強くペダルを踏み込んだ。ぐいっと漕いだ分だけ、自転車は進む。だが、重さのせいなのか、俺の意に反してハンドルはぐにゃりと曲がり、車体はふらふらと頼りなく蛇行する。

お、おう……、男子同士で二人乗りって結構難しいな……。自転車の二人乗りは小町以外とはしたことがないどうも俺です。小町は軽いからなぁ……。可愛いなぁ、小町……。

一方、後ろに乗ってる男の可愛くなさよ。

「あの、……代わるか？」

声を掛けられてちらと振り返れば葉山《はやま》は困ったように苦笑している。

「いや、いい。大丈夫だから」

そっけなく返してまたペダルを回す。たかだか自転車の二人乗りもまともにこなせないで、代わってもらうだなんて、ちょっと恥ずかしい。意地があんだよ、男の子にはな！

その意地のおかげか、はたまた慣れてきたからか、その後はすいすいと進む。徐々に速度も出るようになってきた。学校周辺の街並みは埋め立て地であるおかげか、道がまっすぐで自転車を乗り回すのには非常に都合がいい。

風は相変わらず冷たいが、身体を動かしているぶんにはさほど気にならなかった。快調に飛ばしていると、葉山がちょんちょんと背中を突いてくる。ちょっとそういうのやめて？　なんかぞわってするから。

「……なんか用か」

自転車を漕いでいるので、振り返らずに聞くと、肩越しに葉山の声が届く。

「どこに行くんだ？」

言われて、まだ行き先を決めていなかったことに思い至った。が、まぁ、今の時間さくっと入れて俺も場所がわかっているところなどだいたい限られてしまっている。

「……まぁ、サイゼかな」

「君は、サイゼが好きすぎるな」

葉山が呆《あき》れたように言う。なんだよ、いいじゃねぇかよ、サイゼ。

「なに、ダメなの？　コーヒーくらい奢るぞ」

「サイゼはドリンクバーだろ？」

ふっと笑うような息遣いが聞こえてくる。それが少し意外だった。サイゼがドリンクバーなのは知ってるのか。

……さては、こいつもサイゼ好きだな？

×　×　×

国道沿いの自販機で缶コーヒーを二本買った。

ちらと覗《のぞ》くと、道路には自動車のテールランプが連なっている。オレンジ色の光を灯《とも》す街灯も相まって、もう夜だというのに明るく感じる。

自販機の取り出し口から熱いスチール缶を取ると、それをお手玉しながら、道路から少し外れたところにある公園の中へと戻る。さっきまで光の群れを見ていたせいか、公園の中はやたらに暗く見えた。

暗がりを灯すのは古ぼけた街灯だ。たまにじじっと音を立てて明滅する頼りない青白い光は二つ並んだベンチを照らしている。

そのベンチのひとつで葉山隼人《はやまはやと》が、何かを見上げるような姿勢で座っている。

視線の先に何があるのかと目をやってみたが、ここいらで目立つのはサイゼの建物と国道を渡るための陸橋くらいしかない。

家々や飲食店、あるいはテナントビル、そうした建物が並ぶ中で、この公園は空白域のように、ひっそりと静かに存在していた。

おかげで、時折冷たい風が吹き抜けていく。

本当はサイゼに入りたかったのだが、サイゼの駐輪場にはうちの生徒の自転車が駐められていた。通学用の自転車には学校から学年ごとに色の違うシールが配布され、それを車体の見える位置に貼付することが義務付けられているので、一見してそれとわかる。そして、困ったことにそのシールの色は俺たち二年生を示すものだった。

これから葉山とするのは、あまり人には聞かれたくない話だ。

自然、サイゼを選択肢から除外し、手近にあったこの公園にした。これくらい開けている場所なら、誰かが近づいてきてもすぐにわかる。密談をするなら広く見通しの利く場所がよいとかなんとか。

ベンチに近づくと、葉山もすぐに俺に気づいた。ここだ、と示すように軽く手を振ってくる。

その手に向かって缶コーヒーを放り投げると、葉山は難なくキャッチした。

それを確認して、俺は葉山の座るベンチとは別のベンチに腰掛ける。手を温めるように缶コーヒーを握り、タブを開けると、一口飲んだ。

葉山はしばし缶コーヒーを握ったままだったが、俺と同じようにしてコーヒーを呷《あお》る。

そして、小さくため息を吐《つ》くと、口を開いた。

「……話っていうのは、あの噂《うわさ》のことか」

「まぁな」

短く答えると、葉山は「そうか」と苦笑するように小声で言う。

「前にも言ったが、俺にできることはあまり多くないんだ」

言って、葉山はかすかに微笑《ほほえ》む。眉《まゆ》がわずかに下がった申し訳なさそうな表情が街灯に照らされている。

葉山の言うことは半ば予想できていた。別にこれが理由で葉山を責める気なんてない。

ただ、それでも。

「ああ、わかってる。けど、そうも言ってられなくなった」

向き直ってそう告げると、葉山は怪訝《けげん》そうに目を細め、視線で言葉の続きを促《うなが》してくる。

「あの噂に結構迷惑してる奴がいてな……。ぼちぼち実害も出てる。お前も似たような状況だろ？　協力してケリつけらんねぇかと思ってな」

どうだ？　と提案の意を込めた眼差《まなざ》しを向け、オナシャスと軽く頭を下げる。

葉山《はやま》はしばし考えていたが、やがてふと笑《え》むと、こちらをからかうように言った。

「それは結衣《ゆい》のためか？　雪ノ下《ゆきのした》さんのためか？　……それとも『他校の男子』のためか？」

「お前のためだよ言わせんな恥ずかしい」

俺は即座に適当に混ぜっ返す。すると、葉山は「ははっ」と乾いた笑みをこぼして、缶コーヒーをベンチに置いた。

「そういう切り返し方が気に入られるんだろうな……」

返ってきた言葉は独り言のようだった。真横にいる葉山の表情は窺《うかが》えない。ただ固く握りしめられた拳《こぶし》が視界に入る。

その拳をぱっと解き、葉山は缶コーヒーを一口呷《あお》る。

「ケリをつけるだけなら、俺と協力せずとも、もっと簡単で確実な方法があるんじゃないか」

「簡単に見えるものこそ難しいもんだろ。俳句とか知らない？　シンプルだからこそ奥が深いらしいぞ」

「……一理ありそうに聞こえるのが、君の戯言《ざれごと》の厄介《やっかい》なところだな」

俺が大仰に肩を竦《すく》めて見せると、葉山は苦々しげな顔をした。そして、はぁと大きなため息を吐《つ》くと、ベンチに座り直し、俺へ体を向ける。

「協力しろというなら、せめて詳しい事情は聞かせてほしいな。……君がそうまでする事情を」

「あ？　や、さっき言ったろ。噂話《うわさばなし》に迷惑してる奴がいるんだよ。それをどうにかするなら、中心人物のお前をどうにかするのが手っ取り早い。具体的な方法まではまだわからんが、お前の発言力っつーか影響力は必要になる。だからお前に協力を頼んでる」

先ほど口にした内容にいくつか補足を添えて、俺は捲《まく》し立てた。

実際、この噂話を否定するにしろ、別の噂で上書きするにしろ、そこには発信力が求められる。もともと自然発生的に囁《ささや》かれたものを打ち消すのであれば、それ以上のインパクトがなければならない。面白おかしく拡散されたデマを訂正するのは至難の業《わざ》だ。

そんな説明を口早にしたのだが、葉山の反応は芳しくない。いや、反応は悪いといったほうがいいだろう。俺の言葉の真偽を見定めるように、すっと細められた瞳は真冬の空に浮かぶ三日月のごとく、冴え冴えと冷たい光を放っている。

「違うな。それはただの状況説明だ。君の事情を……、君が俺に頭を下げてまでなんとかしようとしている、その理由を聞かせてくれ」

「いや、理由って……」

今さっき長広舌を振るいに振るったばかりだ。これ以上何を話せというのだ。言いかけた俺の声を葉山は手で制す。

「所詮はただの噂話だ。今は面白おかしく騒いでいるだけで、こんな話はいずれ消える。俺に降りかかる実害っていうのも一過性のものだ。それにそもそも、俺は告白されること自体は別に害だと思ってない。……あくまで俺はな」

最後にわざわざ余計な一言を付け足してくれたせいで、まるで他の誰かさんは告白されることでなんらかの不利益を受けているかのような言い回しに聞こえる。知らず、俺は顔を背け、公園の片隅を睨《にら》んでいた。

「だから、俺がケリをつけるべき問題なんて起きてないんだよ」

優しく諭すように口にされた言葉は風の中でも鮮明に聞こえてきてしまう。

風に巻かれて落ち葉がかさかさと舞う音は、まるで見えない化け物が這《は》い寄ってきているようでひどく不快だった。おかげで、俺の返す声も鋭くなっていた。

「何が言いたい」

思わず舌打ちが漏れる。組み替えた足は苛立《いらだ》ちに震《ふる》えていた。膝に頬杖《ほおづえ》ついて、ちらと横目で睨みつける。

だが、葉山《はやま》は一切動じない。真っ向から俺を見据え、そして、ゆっくりと口を開く。

「君が問題にしているだけ……いや、問題にしたいだけなんじゃないのか」

「は……」

と、俺が零した息はどんな意味を含んでいただろう。

バカバカしいと嘲《あざけ》る笑い声か。それとも何を言っているのかと問い返す言葉か。あるいは、核心を突かれたが故に漏れ出た当惑の吐息か。

俺は言葉の接ぎ穂を探すこともできず、かといって誤魔化し笑いを浮かべることもできず、声も出せずに、ただ意味もなく口を動かすことしかできなかった。唇はやたらに渇いて、引き攣《つ》っている。

ああ、言われてしまった。見抜かれてしまった。

そも高校生の色恋沙汰《ざた》に纏《まつ》わる噂話《うわさばなし》の一つや二つどこにだってあるものだ。わざわざ大げさに考えるようなものでもない。

それがわかっていながら、俺はあえて問題視した。

一般生徒の雑談を義憤にかこつけ理由をでっちあげた。三浦優美子《みうらゆみこ》のちゃんとしろという真摯《しんし》な言葉を混ぜっ返して曲解した。海老名姫菜《えびなひな》の物言いたげな表情に気づいていながら見過ごした。葉山隼人《はやまはやと》の問いかけをすっとぼけてお茶を濁した。平塚静《ひらつかしずか》の優しい説教を己の都合よく解釈した。一色《いっしき》いろはの違和感まじりの呟《つぶや》きをお為ごかしで聞き流した。

何より、誰より、俺が自分自身に言い聞かせていたのだ。

これがさも重大事であるかの如く、殊更《ことさら》に大仰な語彙《ごい》を以て言を弄《ろう》し、意を捻《ね》じ曲げ、己が胸の内にだけ降り積もる独白さえも虚飾で糊塗《こと》した。ただ一つの不都合な真実を覆《おお》い隠すためだけに、その場しのぎのちぐはぐな妄言を吐き散らした。

その全てを、今、見透かされている。

羞恥《しゅうち》に歪む口元を手で覆い隠し、息を震わせ、切れ切れの言葉を吐き出す。

「嫌な言い方するな、お前……。仮にだ、仮に、そうだとして、だったらなんだ。その質問に何の意味がある」

顔を覆《おお》った指の隙間から、葉山《はやま》を睨《にら》む。

射殺さんばかりの視線を叩《たた》きつけたつもりだったが、葉山は涼しげな様子で、口元に爽《さわ》やかな笑《え》みを湛《たた》えていた。ただ瞳だけがひどく仄暗い。

「意趣返しだよ。大した意味はない」

「はぁ？」

今度はしっかりと怒りの籠《こも》った声が出た。俺が昭和の時代に生まれ育っていたなら、そのまま殴っていたんじゃないかとさえ思う。しかし、現代っ子の俺は肉体言語でのコミュニケーションが不得手だ。まぁ、普通にコミュニケーションも得意じゃないが。むしろ苦手まである。

あまりに苦手なせいか、葉山の言ってることがさっぱりわからん。

葉山は缶コーヒーを呷《あお》ると、ため息を吐《つ》く。

「君を見つけた途端、目を輝かせて笑うんだ。そのうえ、二人で楽しく買い物までしに行くんだからな。嫌味の一つも言いたくなる」

「はぁ……。や、何の話」

「男の嫉妬《しっと》は醜いって話さ」

優しい声音《こわね》、柔らかな口調で、穏やかなトーン。なのに、なぜこうも冷たく感じるのだろう。

葉山の言葉は自嘲《じちょう》を多く含んでいながら、そのくせ確かにこちらを刺す気配がある。

「話は終わりか？」

「あ、……いや、だから、あの噂《うわさ》に対してどうすればいいか考えたくてだな」

どうにか口が回って言葉が出てくる。葉山はそれを頷《うなず》きながら聞いていたが、俺の言葉が途切れるとふっと笑む。

「それならもう充分だ」

話を打ち切るようにそう言い放ち、葉山は立ち上がる。

「……問題にはならないよ。今までもそうだった」

俺を見下ろすその顔は街灯の陰に隠れてしまったせいか、どこか悲しげに見えた。

「コーヒー、ごちそうさま」

葉山は軽く缶を振って言った。それが別れの挨拶《あいさつ》代わりだったらしい。そのままベンチから離れ、歩いて行ってしまう。

夜の闇に消える葉山を見送ってから、しばらく。

俺は立ち上がる気が起きず、ベンチに座ったまま、ぼんやりと空を見る。

問題にはならない。確かにそうなのだろう。

例の噂話《うわさばなし》は所詮一過性のもの。バレンタインデーが近づく中、登場人物が派手でバラエティ豊かだから余計に盛り上がり、エンタメとしてちょうどよかっただけにすぎない。告白云々《うんぬん》もあくまで個人が考える範疇《はんちゅう》の話。だから、大した問題にはならない。

つまるところ、これは。

——俺の、俺だけの問題なのだ。

×　×　×

葉山《はやま》が去ってからも、俺は長いこと寒空の下で佇《たたず》んでいた。

ようやく動く気になりはしても、自転車を漕ぐ足は思うようには動かず、いつもの倍以上の時間をかけて家路についた。

家に着くころにはすっかり身体が冷え切っている。

リビングへ入ると、どっと疲れが出てきた。いや、疲労自体はずっと存在していたのだろう。それを認識するだけの余裕がなかったのだ。

今日は本当に疲れた……。

鞄《かばん》をどさっとその場に落とすと、ソファまでふらふら歩き、そしてばたりと倒れこむ。コートとマフラーを脱ぐだけの力も残されてはいなかった。

暖房のお陰で、かじかんだ手足は徐々にその感覚を取り戻し始めていたが、心は未《いま》だ凍てついている。

だから、ぽかーんと俺を見つめる、炬燵《こたつ》で勉強中だった小町《こまち》の視線にも大した反応を返せずにいた。

「どしたのお兄ちゃん」

「おお……」

言葉少なに返事はしたものの、それ以上の行動はできない。ぼうっと天井を見上げて寝ころぶさまは死にかけのセミによく似ていることだろう。

「お風呂沸いてるよー」

「おお」

風呂か。風呂な。風呂はいいよな。風呂に入ればたいていのことは忘れることができる。そして、上がった瞬間に嫌なことを思い出す。けどまぁ、入ってる瞬間だけは幸せだな。風呂入るか……。そう思うくせに、ダルさが勝り、俺はぴくりとも動けずにいた。

と、俺と天井の間にふと影が差す。目だけを動かし、ちらと見やれば、小町が気遣わしげに俺を覗《のぞ》き込んでいた。

「……だいじょぶ？」

言いながら小町は俺の額に触れる。熱でもあるのかと思っているのだろう。だが、触れて発熱の有無はわかるまい。真冬の夜風に晒されていた俺の額は氷のように冷たくなっている。対して、小町の手は温かかった。つい今しがたまで炬燵でぬくぬくしていたからだろうか。掌からじんわり伝わる熱が、俺の強張《こわば》りを少しずつ解いていく。おかげでようやく人語を取り戻すことができた。

「おお、だいじょぶ……。ちょっと、疲れただけ……」

「そっか。とりあえず、炬燵《こたつ》入れば？」

言うと、小町《こまち》は俺の手を取り、ぐいと引き起こす。ついでにマフラーをくるくる外し、コートも脱がせてくれた。完全に介護されているのがありがたいやら情けないやら……。

「すまん、ありがとう……」

「うん、まぁ別にいいけど」

小町に手を引かれるまま炬燵に入ると、凍っていた感情が徐々に溶け出していき、その一片が、言葉となってほろりと零れ落ちた。

「……小町、俺はもうだめかもしれん」

「急になに……」

「恥の多い生涯を送ってきたが、今日ほど己が恥ずかしいと思ったことはない。臆病な自尊心と尊大な羞恥心《しゅうち》が入り混じり…………なんか、もう、死ぬほどダサい」

「語彙《ごい》の落差エグいなぁ……」

はぇ～と変なところに感心している小町をよそに、俺の感情はぽろぽろ剝《は》がれ落ち始めていた。それまでずっとなけなしのプライドでメッキしていただけに、劣化速度は驚くほど速い。

今こそ『人間失格』と『山月記』、思春期よくばりセットを読むべき時かもしれない。たぶん死ぬほど刺さるだろう。

　平塚《ひらつか》先生に優しく説かれ、一色《いっしき》に背中を押され、それであの体《てい》たらく。そのうえ、あの葉山《はやま》隼人《はやと》に俺の心根の奥底、最も醜いところを見透かされ、その浅ましさを痛いくらいに自覚させられてしまった。

　人として、男として、ああもかっこ悪いことはあるまい。

　己の矜持《きょうじ》にさえ背を向けてしまった俺に一体何が残るというのか。

　知らず知らずのうちに背中は丸まり、肩が落ちる。ため息も勝手に出てきた。

「お兄ちゃん……」

　小町の気遣わしげな声に顔を上げる。

　すると、小町は慰めるように優しく綺麗《きれい》に微笑《ほほえ》んだ。

「お兄ちゃんは、自分が思ってるほどかっこよくないんだよ？」

「ちょっと？　いや、そうだが、そうなんだが……」

　わかってるけど！　わかってるけど！　でも今このタイミングで言われると、ちょっと普通に凹《へこ》んじゃうでしょ？　と、恨みがましく見ていると、小町はなんぞ言い添える。

「あ、かっこ悪いって言ってもアレだよ。顔だけの話じゃないよ」

「そもそも顔の話はしてないんだよなぁ……」

　顔はやめな、ボディにしな。と、顔面への言及をやんわり禁止カードに指定すると、小町はうんと頷《うなず》き、しっかり的確にレバーを抉《えぐ》ってきた。

「お兄ちゃんは性格っていうか、性根がかっこ悪い。やることなすことだいたいキショい」

「ぼろくそ言うじゃん……」

人格攻撃も禁止カードにすべきだった。まぁ、妹に泣き言を零し、慰めを期待しているというのは兄として相当かっこ悪く、果て無くキショいので言われても仕方がない。お兄ちゃんはおしまい……。さらなる自己嫌悪に陥りかけたその時、小町《こまち》がんんっと咳払《せきばら》いした。

「でも、そういうお兄ちゃんだからこそ、できることがあるのです。……というわけで」

言いながら、よっと炬燵《こたつ》から手を伸ばし、鞄《かばん》を引き寄せる。そして、なんぞ取り出し、それを俺にぐいと押し付けた。

「はいこれ！　ぶれぜんつふぉーゆー！」

わーぱちぱちーと自ら盛り上げながら、クソ雑魚発音で渡されたのは、セロファンの袋に入れられた焼き菓子だ。

星形やハート形の他にも、熊だか猫だかレッサーパンダだかを模したアイシングが施されたものもある。どれも欠けたり割れたり形は不揃《ぞろ》いだが、ひとつひとつに違いがあって、眺めているだけで楽しいものだ。そんな中、市松模様のクッキーだけがやたらにきっちり作ってある。

「もしやこれは……」

俺がしげしげ観察していると、小町がぴっと指を立て正解を発表する。

「そう！　手作りクッキーだよ！」

「おお！」

愛妹クッキー最高じゃん……。俺は感動に打ち震《ふる》えていたのだが、小町がなんかしれっと言い足した。

「まぁ、小町が作ったわけじゃないけど」

「ええ……、なにそれ怖い。じゃあ、これ誰が作ったのぉ……怖ぁ」

知らない人の手作りとか怖すぎるだろ……。今の今まで素晴らしい贈り物だと思っていたのに、一気に特級呪物になってしまった。

「沙希《さき》さんと京華《けいか》ちゃんからだよ。こないだのお礼だって。お兄ちゃん、大志《たいし》くんの話聞いてあげてたでしょ」

「あー……」

言われて思い出す。そういや、川なんとかさんの弟、川崎《かわさき》大志が相談にかこつけてうちに来たな……。あの時、助言めいたことを言いはしたが、律儀《りちぎ》にお礼をしてもらえるとは思わなかった。川崎とは学校でも顔を合わすが、まぁ、直接は渡しづらいよね。大志と小町を経由するのは賢い判断だ。まぁ、たぶん普通に恥ずかしいから避けただけでしょうけど！

改めてクッキーを見れば、きっちり市松模様に彩《いろど》られたクッキーなんかは特に律義さが感じられる。たぶん川崎が作ったのだろう。アイシングで動物の顔が描かれているのは京華が作ったのだろうか。

愛妹クッキー最高じゃん……。けーちゃん、頑張ったんだな……。めっちゃ嬉しい……。

俺がしみじみしていると、小町《こまち》も感慨深げにうんうんと頷《うなず》いていた。

「なんかね、お兄ちゃんの話、大志《たいし》くん的にはめっちゃ刺さったっぽい。それってお兄ちゃんだからこそなんだよ」

そうも褒《ほ》められると、少々面映《おもは》ゆく、つい謙遜《けんそん》してしまう。

「や、大したこと言ってねぇんだけどな……」

「でしょうね」

「でしょうね？」

んん～、その言い方引っかかるぅ～。身悶えしている間にも、小町はさらに引っかかるようなことを言っていた。

「お兄ちゃんはかっこ悪くて恥ずかしい人だけど、たまに頑張るからね。だから、変な説得力があるんじゃない？　知らないけど」

「お、おう……」

「そういうの、見てる人はちゃんと見ているものですよ」

教訓めいたことを言うと、小町はふふっと笑《え》み、どこか誇らしげに手作りクッキーを見る。

このクッキーこそは、これまで俺がかっこ悪いなりに頑張った証《あかし》であり、勲章なのだとそう伝えるように。

「そうか。そうだな……」

これもある種、返報性の原理と言えるかもしれない。

人は何かを施された時、お返しをしなければと思うものだ。それは物に限らず、想いや行動でも同様のことが言える。

であれば、俺もきっちり返そう。受け取った想いに見合うものを。

俺は決意と共に炬燵《こたつ》を這《は》い出る。

「うん、よし。風呂入ってくるわ」

「はーい」

小町はひらひら手を振り、俺を見送るとまた勉強へと戻る。

さすが世界の妹。

おかげで、見失いかけていた己の矜持《きょうじ》を取り戻すことができた気がする。まぁ、小町への大恩は一生かけて返すとして……。

他にも返さなければならない相手がいる。

8 舞台は整い、スタートの号砲は鳴らされる。

マラソン大会のスタート地点である海浜公園には一、二年生の男女がぞろぞろと集まっている。ここから海沿いの歩道を走り、美浜大橋で折り返して戻ってくるのが男子のコースだ。

走行距離は長い、めっちゃ長い。さんすうがにがてなはちまんくんは3よりおおきいかずはたくさんってかぞえます！

まぁ、しかし、俺個人としてはそれが何キロだろうがやることは変わらない。

整列の号令がかかると、俺たちはスタート地点にひかれた白線の後ろにだらだら並び始める。

俺はヌタウナギの如く、身体をぬるぬる動かして、先頭集団の中へ混ざり込んだ。案外みんな簡単に場所を開けてくれる。

たかだか学内のマラソン大会。別に派手なイベントでもなければこれが成績に影響するわけでもない。強制的に寒空の下を走らされるだけのものにやる気満々な奴はそうそういないのだろう。

ただ一人を除いては。

連覇の期待がかかる葉山《はやま》は、無様な成績を残すわけにはいかないはずだ。あからさまに手を抜くことも許されていない。

葉山はスタートラインの最前線、俺から数人挟んだ場所にいる。言ってみればポールポジションのような場所だ。そこで葉山が屈伸したり身体を伸ばしていると、出走の瞬間を見守っていた女子たちから歓声が上がっていた。

女子のスタートは男子の三十分後だ。それまでは男子の応援なり、観戦なりをするらしい。

葉山が歓声に軽く手を振り返す。その視線の先、きゃーきゃーはしゃぐ女子たちから少し距離を置いたところに、三浦《みうら》がいた。

三浦は周囲の女子に気後れでもしているのか、控えめにちらちらと視線を送るだけだ。その傍《かたわ》らには海老名《えびな》さんと由比ヶ浜《ゆいがはま》、さらに一歩離れたところに雪ノ下《ゆきのした》もいる。

と、そこへてこてこ一色《いっしき》もやってきた。

三浦は一色の存在に気づくと、頷《うなず》きかけるように会釈《えしゃく》をする。一色もそれに対して軽く頭を下げた。が、三浦と葉山を交互に見ると、一色は三浦にふふんと不敵に笑った。

そして口元に手を添えると大きな声を出す。

「葉山先輩がんばってくださーい！　……あ、ついでに先輩も」

それを聞いた葉山は苦笑交じりの笑顔で手を振り返し、なぜかちょっと離れたところにいる戸部《とべ》も「おー」と元気のいい返事をした。

「いやいや、戸部先輩のことじゃないですから」

一色《いっしき》はそんなことを言いながら、ないないと言わんばかりに小さく手を振った。それを三浦《みうら》は黙って見ていたが、意を決したように大きく息を吸うとそれを声と一緒に吐き出した。

「は、隼人《はやと》。……が、頑張ってね！」

控えめな声は他の歓声の中に埋もれてしまいそうなくらいに小さい。だが、葉山《はやま》は無言のまま手を上げ、そしてやはり穏やかな微笑《ほほえ》みを浮かべた。

三浦は陶然《とうぜん》とそれを見ると、声も出さずにうんうんとゆっくり頷《うなず》く。

隣にいた一色は二人の様子を満足げに眺めてから、またこちらに向き直った。

「……先輩も頑張ってくださいねー！」

今度はどうやら俺のほうを見て言っているらしい。

お、おう……。あいつ、なんで頑《かたく》なに俺の名前呼ばないんだろうな……。覚えてないのかしら……。とか考えていると、一色を呆然《ぼうぜん》と見ていた由比ヶ浜《ゆいがはま》が一歩だけ前に出た。

そして、由比ヶ浜もぶんぶん手を振る。

「が、がんばれー！」

周囲を気にしたのか、一色の声に比べればだいぶ控えめではあったが、しっかりと俺の耳に届く。……良かった、名前呼ばれなくて。こういう時の気遣い、痛み入ります。

謝意を込めてそれとなく、手を上げてみると、由比ヶ浜がぐっと拳《こぶし》を握って返してくる。そして、その隣にいた雪ノ下《ゆきのした》と目が合う。すると、雪ノ下は声もなく小さく頷いた。ほんのわずか口元が動いた気がするが、声は届かない。

なんて言ったのかはわからない。誰に向けているのかも知らない。

だがまぁ、気合いは入った。

んじゃ、やりますかね……。

俺はさらに身体をすべり込ませて、葉山と同じスタートラインの最前線に立つ。葉山は俺のほうを見ることなく、ただ前方に目を向けていた。

肩を回し、アキレス腱を伸ばすようにして、そこからじりじりと、葉山への距離を詰める。途中、何人かに舌打ちや迷惑そうな顔をされたが、ごめんねてへへ☆と心中で謝りつつ、どうにかこうにか葉山の横に並ぶことができた。

葉山は近くにいる戸部《とべ》たちと何か談笑していたが、俺が隣に立ったことに気づくと何か用かと問うような柔らかい微笑を向けてきた。

それに首を振って、俺は前を見据えた。

もう間もなくスタートだ。公園に設置された時計を見るまでもなくわかった。

後ろにひしめき合う男子生徒たちの声がだんだんと静かになっていく。散発的に飛び交う女子の歓声も小さくなる。

皆が静まり返ると、その瞬間を待っていたかのように、地面に引かれた白線に向かって誰かが歩いてきた。

「よし、準備はいいな?」

そう言って空に向かってピストルを構えたのは平塚《ひらつか》先生だった。

なぜ平塚先生が……。普通こういう時は体育教師がやるものだろうに。ンモー、この人ったらまーたこういう目立つことやりたがるんだからー。それともただピストル撃ってみたかっただけかしら〜?

平塚先生はピストルを高く掲げ、もう片方の手で耳を押さえる。指が引き金にかかると、男子生徒は前を向き、女子たちは固唾を飲んで見守る。

そのまま数秒が立ち、平塚先生がおもむろに口を開いた。

「位置について。……よーい」

次の瞬間、引き金が引かれて銃声が鳴る。

そして、俺たちは弾かれたように一斉に走り始めた。

まずは脚ならしにゆっくりと走り始める。当面の目標は葉山《はやま》についていくことだ。

だが、横に並んだ連中の多くは最初からクライマックスなトップスピードを出していた。

その理由は、今しきりに焚かれているこのフラッシュだろう。卒業アルバムなのかなんなのか知らないが、なぜかマラソン大会にはカメラマンがいる。その写真に写りこまんがために、この最初の数十メートルだけ全力疾走するバカが後を絶たないのである。どうせあれだろ、こうすることで「俺、途中まで一位だったぜ!」とか言いだすんだろ。男子ってほんとバカ。

そうした連中の多くはこのスタートダッシュに命を懸けているので、早々に力尽きる。

だから、勝負はこの先、公園の区画を抜けて歩道に出るところからだ。

順調にトップ争いから脱落していくスタートダッシュ組を軽やかによけて、徐々に先頭を走る葉山との距離を詰めていく。

戸塚《とつか》の話によれば、前回大会での葉山は最初から最後まで一位だったという。今回もスタート時から先頭に立っているあたり、逃げ切る作戦でいるのだろう。

トップ連中に混ざり、併走することしばし。

先頭を走る葉山以下は団子状態ではあるものの、さすがは一位集団。誰もが前を向いて、無言のまま、淡々と走り続けている。上位入賞がほぼ確定的な彼らがこの最序盤でペースを乱すことはほぼない。

だが、この集団の中に一人仲間外れがいる。さて、それはだーれだ？

俺でしたー！　ちょっとこのクイズ簡単すぎない？

だいたいいつも仲間外れまである俺はこの一位集団の中でも当たり前のように仲間外れ。上位入賞はもちろんのこと、完走することも考えちゃいない。

だから、彼らとはまったく違うロジックで戦うことができる。

「葉山」

走りながら、名前を呼ぶと、他の連中がぎょっとしたように俺に振り返る。葉山本人もよほど意外だったのか、ちらと俺を見た。

ほんの一瞬ペースが乱れた隙に、俺は脚を送り出し、葉山《はやま》の横に並ぶ。

「話の続きだ」

言いながら、くいっと顎《あご》ではるか前方を指し示す。そして、ギアを切り替えるように送り出す脚の速度を上げた。

ついてこい。俺は口の端を吊り上げた笑《え》みを投げかける。すると、葉山が呆《あき》れたように、常よりも幾らか低い声で笑む。

「……聞かせてもらおうか」

言って、葉山が走る速度を上げた。すぐさま俺に追いついたと思いきや、そのまま抜き去っていく。みるみるうちに、トップ集団との差が開き始めた。他の連中はそんな葉山をぽかんと見つめているだけで、ついていこうとする者はいない。

これでいい。今は、俺と葉山が二人で走っている状況を作り出せればそれでいい。

俺は前を走る葉山の背中を睨《にら》み付ける。

舞台は整った。

ここからが俺の、俺と彼だけの対話の始まりだ。

×　　×　　×

海から吹き付ける風が頬《ほお》を凍てつかせる。内側から溢《あふ》れ出るような熱が冷気に触れると、肌がひりひりした。

靴底がアスファルトを叩《たた》く度、身体の芯に衝撃が届いてくる。

ごうごうと響く音は、風なのか、それとも自分の身体が軋《きし》む音なのかいまいち判断がつかない。そのどちらの音も次第に混ざり、ただ口から熱となって出ていくだけだ。

荒い息を吐き出すと、つんと潮の香りがした。

海沿いの道に生える木々は防砂林だろうか。出発地点では松の木が多かったように思うが、その景色も流れ流れてしまい、今は枝葉を落とし、白骨のような姿の木が目立った。

頭でいちいち考えずとも、脚は送り出されている。それは不随意にひたすら血液を送る心臓みたいだ。鼓動と歩調と、どちらが速いか競い合っている。

走っていると、散発的に考えが浮かんでは消え浮かんでは消えしていく。

自転車通学で良かった。そうでもないと運動部じゃない俺はろくすっぽ走れなかっただろう。持久走それ自体はさして苦手というわけでもない。むしろ他の競技よりは得意な部類だ。ただ一人、自分独りで完結しているからだと思う。誰の迷惑になるわけでもないし、明確なゴールが設定されている。あとはただぼーっと、益体《やくたい》のないことを考えて機械的に足を動かしていればことは済む。

ただ、今日のマラソンは少し様子が違った。

普段よりもずっと苦しい。

授業の時よりペースを上げているから。冷え込みが一段と厳しく、風もあるから。昨晩あれこれ考えていて睡眠が少々足りていないから。

いずれの理由もある。

けれど、最大の理由は俺の横にぴったり位置どる葉山隼人《はやまはやと》がいるからだ。

葉山はさすがに部活で慣れているだけあって、さほどの疲れも見せず、順調に走り続けている。上体に無駄な揺れもなく、下半身は安定していて、洗練されたフォームだといっていい。昨年、優勝しているのも納得だ。

かたや、俺は顔も上がり気味で、ペース配分度外視で走っているというのに、足は鈍り始めていた。俺が少し遅れると、葉山はプレッシャーをかけでもするように足を緩《ゆる》める。そんな一進一退を繰り返すうち、バテてる俺を見かねたのか、葉山が先に口火を切る。

「これだけ離れれば充分だろ」

「ああ……」

確かにここらがいいタイミングだろう。荒い息を何度も何度も吐き出して、俺は言葉を継ぐ。

「例の噂《うわさ》な。ケリつけるなら今日だ。全校生徒が集まってるからな」

「問題にはならない。そう言っただろ。それでも協力しろと言うなら、君は俺に説明をするべきだ」

　葉山は息も切らさずにそう言う。対して、俺は切れ切れの声で答えた。

「問題はある。俺にとっては大問題だ」

　それだけ言って、俺はほんのわずか脚を送り出す速度を上げる。重くなった腿《もも》を意識して振り上げ、わずかに数歩、葉山に先んじた。そして首だけ巡らせ振り返る。

「俺が嫌なんだよ」

　すると、葉山は、この男にしては珍しく随分と間抜けな顔をして、一瞬つんのめった。だが、それをすぐさまカバーし、追いついてくる。

「……意外だな。君が、そんなことを言い出すなんて」

　爽《さわ》やかな笑《え》みで楽しげに、さぁ、もっと話してくれよと言わんばかりに俺の横につけた。

「ああいう無責任で適当なこと言ってる奴らがいるのは気に入らない。群れて勝ち組気取りで強者面《づら》してるのだって腹が立つ」

　あの噂が流れ始めてからずっと、喉奥でつっかえていた言葉を吐き出す。そんな理由ならいくらでも口を突いて出てきてくれそうだった。

　だが、葉山の俺を試すような眼差《まなざ》しは緩むことがない。そうだろうな、お前が聞きたいのはこんな一般論の振りした言葉じゃない。わかってる。

「……何より、そんな噂にざわつく自分が気持ち悪くてたまらない。告白だのなんだの聞くだけで吐き気がする。嫌だと思う自分の稚拙さに、浅ましさに反吐《へど》が出る」

喉が渇いていたせいでところどころで声が掠《かす》れたが、なんとか言葉を紡《つむ》ぎ、喉よりももっと奥、胸の中にずっと蟠《わだかま》っていたものを絞り出していく。

「例えるなら、そうだな……。せっかく一緒に出掛けたのに、他の奴と買い物してるのを黙って見送る気分に近いな」

俺は片頬《ほお》吊り上げた皮肉交じりの笑いを投げかける。

「そうか……」

葉山《はやま》は俺から視線を外し、前を向く。横顔をちらと見ると、どこか苦しげな顔をしていた。その表情のまま、葉山が口を開く。

「……なぁ、比企谷《ひきがや》。それを伝えればいいだけなんじゃないか。俺の協力なんていらない。君は……、君はそんなやり方をする必要ないだろ」

お前はそう言うと思ったよ。

俺はつい苦笑を漏らしてしまった。

思えば葉山隼人《はやと》はずっとこうだった。常に正しく、皆の期待を背負い、その望みに応える存在であり続けた。

だというのに、ある一点においてだけは、爽《さわ》やかな聖人君子らしからぬ仄暗い執着心を覗《のぞ》かせる。時に、ひどく邪悪で醜悪な面すら見せる。

葉山が俺に問うたのは、誰もが口にする一般論ではなく、誰かを叩《たた》ける正論でもなく、俺がのたまう暴論でさえない。

葉山が聞きたいのは、俺の言葉ではない。

俺の言葉を通して見る、誰かの言葉だ。

俺は上がっていた息を無理やりに収める。胸は苦しかったが、それを堪《こら》えて口の端を歪めて笑った。

「そういう返事、葉山らしい」

言った瞬間、隣を走る葉山がぴくと肩を震《ふる》わせ、足を止めた。そして、ぞっとするほど冷たい視線を向けてくる。

俺はぜえはあ言いながら、膝に手をついた。精いっぱい息を吸って、吐き出して、滴る汗を拭《ぬぐ》い、余裕ありげに振る舞う。

「世間一般じゃお前の方が正しいんだろう。だが、それだけだ。……なんでもそつなくこなす人間なんて面白みがない」

いつだが、あの人が葉山隼人に言ったように、俺は微笑《ほほえ》み交じりで言ってのけた。

「なんのつもりだ」

葉山は明らかな怒気を孕《はら》んだ瞳で俺を睨《にら》み、苛立《いらだ》ちを滲《にじ》ませた声で言った。普段の落ち着いた声音《こわね》とはかけ離れた威圧的な態度だ。

俺はそれに小さく肩を竦《すく》めてみせる。

「伝えればいいって言ったな。お前はそうなのか？　伝えればそれで終わりか？　その程度で済む感情なのか？　たった一言に押し込めて納得できるのか？」

そして、最後の仕上げに特大の地雷を踏みぬく。

「……お前はそんな普通で、つまらない奴なのか？」

きっと、雪ノ下陽乃《ゆきのしたはるの》ならそう言うだろう。葉山《はやま》が唱える正しさに対して、別の尺度を持ち出して煙に巻いてみせるだろう。

それも本人が一番言われたくない言葉をわざわざ選ぶのが、雪ノ下陽乃のやり方だ。何度となく、そのやり口に閉口したからこそ、俺は容易《たやす》くトレースできる。

葉山は髪を掻《か》き上げるようにして汗を拭《ぬぐ》い、海のほうを見やる。そして、苦々しげに、小さな声でぽつりと呟《つぶや》いた。

「嫌な言い方するな、君は……」

「ただの意趣返しだよ」

俺は可能な限り涼やかに、けれど爽《さわ》やかさなど持ち合わせていないから代わりに口元に皮肉な笑《え》みを湛《たた》える。

やられたらやり返す。それもまた返報性の原理。復讐するは我《われ》にあり。

俺の一番痛いところを突いたんだ。お前もせいぜい痛みにのたうち回れ。

「綺麗《きれい》な言葉で済ませられるほど単純なもんじゃない。だから、不格好でも無様でも足掻《あが》くしかないんだ。……まぁ、お前にわかってもらおうとは思わんが」

「ああ、理解できないな。けど、共感はできる。……身につまされる思いだよ」

葉山はふっと、呆《あき》れとも諦めともつかないため息を吐《つ》く。

俺たちは環境も境遇も状況も何もかもが違うが、それでも、この儘《まま》ならなさだけは共有することができる。

「彼女も、そうなのかもしれないな……」

「あ?」

言っている意味がよく分からず、聞き返そうとしたとき、たっと背後から軽快な足音が聞こえてきた。

振り向くと、二位集団につけていた連中の何人かがこちらに迫ってきている。俺たちが立ち止まっているのを見て、仕掛けてきたのだろう。

俺は抜かれても何も問題はないのだが、葉山は一応連覇がかかっている。このまま拘束しているわけにもいかないだろう。

手早く話をまとめようと俺は葉山に振り返る。

「で、どうする？　俺が話したら協力してくれるんだよな」

「そんなことは言ってない」

「言った言わないは水掛け論だな。はいやめやめ。今後の話をする方が建設的だ」

「そうだな。ここで君と話しているのはあまりに非建設的だ」

差し当たっての方針を決めたのか、葉山《はやま》は身体の調子を確かめるように肩を軽く回す。

「手がないわけじゃない。もっともそのためには、俺が優勝する必要があるが」

「あ、そう。……で、勝てんの？」

ここまで無理して走り、そのうえ一旦止まったせいで、俺の脚はもうまったく動く気がしないのだが、葉山は違うらしい。

「問題ない」

葉山は振り向かずに言った。軽くストレッチでもするように手をぶらぶらさせると、にっと笑う。

「勝つさ。……もう、覚悟は決めた」

「はぁ、覚悟ねぇ……」

存外重い言葉を使われたせいで若干引いていると、葉山がちらと俺を見てくる。

「君はどうする？」

わざわざ聞くなよ。見りゃわかんだろ。そう答える代わりに、ぜぇはぁと殊更に大きな息を吐いて見せる。

「……先に行っていいぞ」

「そうか。じゃあ、そうさせてもらうよ」

特に残念がるでもなく、葉山は肩を竦《すく》める。

「表彰式、楽しみにしといてくれ」

絶対の自信がこもった笑《え》みで言うと、葉山は駆け出していく。

踏み出す足はキャンターから見る間にギャロップへ。

その背中を追うだけの余力も俺には残されておらず、ただただ見送ることしかできない。

くそっ、かっこいいじゃねぇか。あんな姿見たら、こっちだって柄にもなく走らなきゃいけない気分になる。

勝ち負けも、何もかもがこの際、どうでもよくて。

ただ、無性に走りたくなる。なんて思いながら脚を前に送り出すと、右足が左ふくらはぎに追突した。

俺はもつれる足を踏ん張ることもできずに、その場に倒れ込む。そのまま仰向けになって空を見上げた。

「……やっぱり、葉山みたいにはできねぇなぁ」

冬晴れのすっきりとした青空に、俺の白いため息が溶けこんでいった。

×　　×　　×

ていた。

結局、マラソン大会は俺がすっ転ぼうが寝転ぼうがその予定に変更はなく、粛々《しゅくしゅく》と進行していた。

転んでしばらくそのまま仰臥していると、戸塚《とつか》に助け起こされたのだが、面倒を掛けるわけにもいかず先に行ってもらい、俺は一人、痛む足を引きずってどうにかゴールした。

一応最下位ではなかったものの、ラストスパート時にはドンケツ集団の中に混じっており、ゴールの瞬間だけ、死力を尽くした。ゴールの瞬間なんて「もう、ゴールしてもいいよね……?」って思わず周囲に確認したレベル。ちなみに答えてくれたのは最後一緒に走っていた材木座《ざいもくざ》だけだった。

走り終えたときにはがくがく膝が笑っていて、これがほんとのにっこにっこにー……。

倒れ込んで自分の状態を確かめるとひどい有様だった。

膝と脛を擦り剝いてるわ、ハーフパンツはどろどろに汚れているわ、お尻のあたりを吊るわ、横っ腹はずっと痛いわで、痛くないところを探す方が難しい。俺ってばもともと痛々しい子なのに、これ以上痛くなりようがあるのかと勉強になったくらいだ（痛い）。

途中、『がんばれ♡がんばれ♡』と、自分で自分を応援していなかったら俺のライフはゼロになっていたと思う。

もちろん、俺のゴールを待っていてくれる人がいるはずもない。

というより、ゴール地点付近には申し訳程度に体育教師が一人いるだけで、他のみんなは公園の広場にいるようだった。

そちらのほうを覗《のぞ》きに行ってみると、ちょうど表彰イベントの真っ最中である。

本来、マラソン大会ごときに表彰式なんてないのだが、そのイベントの司会進行を一色《いっしき》がやっているあたりを見るに、生徒会が急遽企画したのだろう。思いのほか、有能な奴である。おそるべし、一色いろは。

「ではー、結果発表もすんだところですのでー、優勝者のコメントをいただきたいと思いまーす！」

一色は生徒会室から持ってきたらしいマイクを握りしめ、ご機嫌な様子で調子っぱずれにしゃべる。その度にスピーカーの調整をする副会長の姿がちょっとシュールだ。

ぱっと見渡してみると、どうやら一年、二年、男子女子の区別を問わず、多くの生徒がこの公園の広場に集まっているらしい。その中には由比ヶ浜《ゆいがはま》や三浦《みうら》、海老名《えびな》さん、そして戸部《とべ》に戸塚といったうちのクラスの面々もちゃんといる。

遠巻きに眺めていると、一色が優勝者を呼び込んだ。

「優勝者の葉山隼人《はやまはやと》さん、壇上にどーぞー！」

呼ばれて、月桂樹の冠《かんむり》を被せられた葉山が即席の壇上へと昇った。すると、ギャラリーがわーっと沸く。ていうか、あいつ、マジで勝っちゃったのかよ……。

「葉山《はやま》先輩、おめでとうございますー！　わたし、もう絶対勝つと思ってましたよー」

「ありがとう」

一色《いっしき》の依怙贔屓《えこひいき》丸出しな挨拶《あいさつ》に葉山は穏やかな微笑をもって応える。

「では、コメントをどうぞ」

マイクが葉山に手渡されると、拍手と指笛、そして、ＨＡ・ＹＡ・ＴＯコールが巻き起こった。戸部《とべ》のソイヤとかソーレとかハイハイハイハイ！　みたいな合いの手がすげぇ鬱陶《うっとう》しい。

それにはにかんだような笑顔で手を振り、葉山が話し始める。

「途中ちょっとやばそうな場面もあったんですけど、良きライバルと皆さんの応援のおかげで最後まで駆け抜けられました。ありがとうございます」

澱みなく言い終えると、万雷の拍手が送られる。

それに司会の一色もわーぱちぱちーと盛り上げながら、続いての質問へと移る。

「この喜びをどなたに伝えたいですかー？」

と言いながら、わたしわたしと自分を指差す一色。ニコニコ笑顔の冗談めかした仕草が観客の笑いを呼ぶ。

「そうですね……。じゃあまずは、いろはに」

一色のフリに葉山がしっかり乗る。一色も壇上できゃーとかなんとか照れ照れしてみせ、聴衆はやんややんややんやと大喝采。

その盛り上がりが落ち着くのを待つように葉山は一旦間を置いた。そして、ギャラリーの中にいる三浦《みうら》の姿を見つけると大きく手を振る。

「それと特に応援してくれた優美子《ゆみこ》に。二人ともありがとう」

言うと、また一段と歓声が大きくなった。大岡《おおおか》が指笛を吹けば、大和《やまと》は盛大な拍手を贈る。

当の三浦はといえば、名前を呼ばれたときは驚きに固まっていたようだったが、次第に照れたように身を捩《よじ》らせたり、頰《ほお》を染めて俯《うつむ》いたりしていた。その三浦の肩を海老名《えびな》さんがぽんぽんと叩《たた》き、にこにこ微笑《ほほえ》んでいる。

葉山の温かな眼差《まなざ》しと、二人の反応を見て、観衆は少しざわついていた。なるほど、噂《うわさ》を終息させる手段ってのはこういうことか。観衆の前でのあえてのアピール。確かにこれは優勝する必要があるやり方だな。

感心しながら眺めていると、葉山がしれっと付け加えた。

「あ、もう一人、この場にはいないけれど、陽乃《はるの》さんに伝えたいですね」

それに、ざわっと観衆がどよめく。

そのどよめきのうち、ひとつは俺だ。お前マジか、いきなり何言ってんだお前……。表彰式云々《うんぬん》ってこれのことかよ……。

軽く前振りされていた俺でも呆然《ぼうぜん》としているのだ。司会の一色は目をぱちくりさせ、予想外の展開に固まっている。すると、副会長がしゅばばばっと壇上に現れた。

「で、では最後に一言おねがいします！」

副会長渾身のフォローのおかげで、優勝者のコメントは続いていく。

「これからはとにかく部活に集中して俺たちの最後の大会に向けて頑張ります。……それと、サッカー部は今日、ふがいない成績の奴らが多かったのでビシビシ鍛え直すからそのつもりで」

葉山《はやま》が、にっこりと毒っ気のある笑顔を戸部《とべ》たちのいるほうへ向けると、戸部がヒェ～と悲鳴を上げて後ろに倒れた。

「隼人《はやと》く――ん、そりゃないべー！　先言ってくれよー！」

マイクに負けない地声で戸部が張り上げると、サッカー部を中心とした連中はドワッハッハッハと大うけ、その笑いは徐々に広がり、先ほどの驚愕《きょうがく》や当惑はやや薄まったようだった。

壇上の一色《いっしき》もはっと我《われ》に返り、インタビューを締めに掛かっていた。

「は、はい、ありがとうございますー。というわけで、優勝者の葉山隼人さんでしたー。はい、はくしゅー。……二位以下は別にいらないですよねー？」

大きな拍手に紛れて、一色が副会長に向けて確認したいらん一言がばっちりにマイクに乗っていた。なにやってんだあいつ……。

一色が自分の失言をどうにか言い繕おうとしている一方その頃、壇上から降りた葉山は三浦《みうら》たちと談笑していた。が、その場の全員の頭上にクエスチョンマークが浮かんでいる。まぁ、そうだよな……。陽乃《はるの》さんって誰だよ状態だよな……。ほとんどの連中は陽乃さんと面識がないだろうし。

そこまで見届けて、俺は公園の広場を後にする。

広場を出る間際、同じように解散していく人の流れにぶつかった。彼ら彼女らはお互いに、他愛もないおしゃべりをしている。

「陽乃さんって誰」だの「葉山くんと三浦さん、やっぱ仲良いよねー」だのと言い合っているその姿を尻目に、俺はふらつく足を引き摺って歩いていた。

「いてぇ……」

ちょうど手頃な縁石に腰かけてジャージをめくって見ると、擦過傷ができている。傷口にはじゅくじゅくと血が滲《にじ》んでいて見た目にも痛々しい。風呂に入ったらさぞかし沁みることだろう。

うわー、痛そうだなーと他人事《ひとごと》のように言いながら、つんつん触っては、くはーいてーとか当たり前のことを言っていると、ぱたぱたと誰かがこちらへ駆け寄ってきた。騒がしい足音のおかげでそれが誰かすぐにわかる。

「ヒッキー！」

「おお」

小走りでやってきた由比ヶ浜《ゆいがはま》は軽く息を乱していた。はぁと一際大きな息を吐くと、手に持った救急箱をひょいと掲げてみせる。

「隼人《はやと》くんから、ヒッキー、怪我してるかもって聞いたんだけど……」

「は？　なんであいつが知ってるんだよ」

「え……、一緒に走ってたんじゃないの？　隼人くん、そう言ってたけど」

怪訝《けげん》な表情で由比《ゆい》ヶ浜《がはま》が首を傾《かし》げる。

確かに一時は葉山《はやま》と一緒に走っていたが、それは随分序盤のほうだけだ。何より、すっ転んだのは葉山と別れて以降のこと。なんで葉山が知ってるのやら……はっ！　まさか隼人くんエスパー!?　うぐぅ。

などと、どうでもいいことを考えていると、由比ヶ浜がしゃがみこみ、救急箱をぱかっと開けて中からいろいろ取り出していた。

「はい、ヒッキー。足出して」

言って、ぽんぽんと地面を叩《たた》く。

「いや、これくらいは別に……」

言いかけると、前でしゃがんだままの由比ヶ浜がむっとして頬《ほお》を膨《ふく》らませる。膝を抱えて、上目遣いに軽く睨《にら》み、それ以上の言葉は出てこない。議論の余地はなさそうだ。

そうなると、こちらとしては素直に足を出すほかない。……いや、まぁ、実際普通に痛いは痛いので、手当くらいはしておきたいというのもある。

「……じゃあ、悪いけど頼むわ」

「うん！」

由比ヶ浜は何が楽しいのか、元気良く頷《うなず》き、鼻歌交じりに治療道具をがさっと取り出した。消毒液に包帯、軟膏、湿布。さらにバンドエイド、カットバン、サビオまで……、いや、待てそれ全部絆創膏だろ。ていうか、湿布と軟膏は何に使うつもりなんですかね？

と不安に思っていると、由比ヶ浜はまず消毒液を手にした。その消毒液をやおら構えるとなぜかむんと気合いを入れる。

「えい」

間の抜けた声と共に、ぷしゃーと梨汁のように消毒液が噴《ふ》き出し、それが傷口を直撃した。

「いった！　いたぁ！　沁みる沁みる沁みる！　ちょ、乱暴すぎない？」

言うと、由比ヶ浜は「へ？」と首を傾げる。いやいやそこで首傾げちゃうのおかしいだろ。なんでこんなワイルドでサバイバルな治療法が当たり前みたいな顔してんだよ。なに、戦場でお医者さんやってたの？　何ックジャック先生なの？

「あ、ごめん。沁みた？」

「ああ、かなりな……」

申し訳なさそうに俯《うつむ》きお団子髪をくしくしする由比ヶ浜をよそに、俺は傷口にふぅふぅと息を吹きかける。別にその行為に意味があるわけではないのだが、なんとなくこうしていると沁みたのがまぎれる気がする。ううっ、それでもやっぱり痛いよぉ……と涙目になっていると、由比ヶ浜《ゆいがはま》がしゅんと項垂《うなだ》れている。

「ご、ごめんね。もうちょっと丁寧《ていねい》にやるね」

「いや、いいんだけどさ……。手当てしてくれるだけでありがたいし……」

言うと、由比ヶ浜は顔を上げ、えへへと微笑《ほほえ》む。そして今度はピンセットで脱脂綿をつまむとおっかなびっくり、傷口にちょんちょんと当て始めた。

由比ヶ浜の拙《つたな》い手つきがちくちくといじめてくる度に、甘噛《が》みされたような痛みが走る。足だけではなくて、身の内のどこかにも甘い痺れが広がっていく気がした。

そのことをなるべく意識しないように、傷口から目を逸《そ》らした。

視線の先にあるのは、真正面でしゃがんでいる由比ヶ浜の頭だ。表情は真剣そのもの。口元を真一文字に引き結び、まっすぐな眼差《まなざ》しでせっせと包帯を巻き始める。

あまりこういうことに慣れていないのだろう。包帯を一巻き二巻きするたびに、お団子髪はぴょこぴょこと揺れ、シャンプーとコロンが風に混ざってふわと香った。

特に言葉を交わすでもなく、ただじっとされるがままに、彼女の所作を見守る。ぐるぐる包帯を巻いている間は軽快に歌う桜色の唇。何が楽しいのかきらきらと輝く大きな瞳、だが、不意に睫毛《まつげ》が不安げに瞬《しばたた》かれ、愛らしい曲線を描いてた眉《まゆ》がハの字に変わる。やがて、細い指先が冷や汗を誤魔化すように、一房垂れた薄桃色の髪を形の良い耳にそっと掛けた。

会話がなくても、ころころ変わる表情を見ているだけで飽きない。

由比ヶ浜は叱られている子犬のような、自信なさげな瞳で、俺を上目遣いに見る。何かしでかしたのかと、巻かれた包帯を見ると、そこには不細工な結び目があった。どう結んであるのか一見してわかりづらいメビウスリングと化し、よれよれのへろへろだった。

「あ、あはは……。ごめん、あたしこういうの苦手かも……」

なんとなく知ってました、はい。この子、お料理も苦手だもんね……。なんというか、細やかな気遣いをするくせに、時々ひどく雑なのだ、こいつは。

「ご、ごめんね？　ゆきのんならもっとうまくやってくれたと思うんだけど。ゆきのん途中棄権しちゃって保健室いるから」

由比ヶ浜は学校の方角へ気遣わしげな視線をちらと向けた。さすがは雪ノ下《ゆきのした》、体力のなさは相変わらずらしい。

「……そうか。いや、これでいいよ。……ありがとな」

ぽんぽんと包帯を撫《な》でながら言った。歪《いびつ》で、不器用で、こんがらがってしまった傷跡。これはこれで、俺に似合いの勲章だ。

しかし、由比ヶ浜はその出来栄えに満足いってないらしく、代わりに、とでもいうように立ち上がると、俺に手を伸ばした。

「じゃあ、……はい」

そっと、俺の肩口に触れると、腕を取って立ち上がらせようとしてくる。急に近づかれたせいで思わず飛び跳ねるようにして立ち上がってしまった。

「いや、肩とか貸してくれなくていいから……、一人で歩けるし……」

「でも、怪我人だし……」

そう言って、由比ヶ浜《ゆいがはま》は未《いま》だ俺のジャージを掴《つか》んだままだ。

「いや、汗かいてるし、汚れてるし」

なんなら、今現在進行形で汗がダラダラ出てきそうだ。距離を詰めるときは前もって言ってほしい……。言ってくれればその分、ちゃんと離れることだってできる。

しかし、由比ヶ浜は離れた分だけ、また詰めてきた。

「別にそんなの気にしないのに……」

「俺が気にするんだよ……。それにこんなの大した怪我じゃない。だからいらん」

掴まれていたジャージの袖《そで》をそっと、なるべく優しく引きはがす。すると、由比ヶ浜はちょっと唇を尖《とが》らせ、眉根《まゆね》を寄せた。そして、もう片方の手に持っていた救急箱をぶらんぶらんと左右に振る。

「えい」

そんな間の抜けた声と共に、救急箱が振り子打法で俺の傷口にヒットした。

「いっ……たぁ……」

一瞬呼吸が止まり、吐き出す息とともに苦悶の声を上げると、由比ヶ浜はふっと微笑《ほほえ》み、強引に俺の腕を取ると、自分の方に回す。

「やっぱ痛いんじゃん」

「当たり前でしょ？　なに、なんで今攻撃したの？」

俺の質問には取り合わず、由比ヶ浜は俺を引きずるようにして歩き出した。今しがたの凶行を鑑《かんが》みるに、ここは従うしかないかもしれなくなくなくない？　……ということにしておこう。

大人しく腕を引かれるままに、学校のほうへと向かった。

すると、俺たちの前を、三浦《みうら》と一色《いっしき》に挟まれた葉山《はやま》が通り過ぎる。

ちらと向けられる視線。その瞬間、葉山は微笑み交じりに軽く頷《うなず》いた。

なんだよ、その目は。優しい目でこっち見るんじゃねぇよ。俺は顎《あご》先だけ軽く振って、はよ行けと無言で告げる。葉山は微苦笑を噛《か》み殺すように、くっと短い息を漏らしていた。

周囲の視線は、みんなの中心である葉山に向けられていた。だが、時折、ちらと俺と由比ヶ浜にも好奇の色が混じった眼差《まなざ》しが注がれる。

そのせいで、妙に落ち着かず、バイタルは安定しない。マラソンしている時よりもよっぽど早く脈打って、鼓動は聞こえそうなくらいに大きくなる。

「ねぇ、ヒッキー」

そう声を掛けられると、心臓は一際、大きく跳ねた。

すぐそばの由比ヶ浜の顔は見ず、吐く息だけで返事をすると、由比ヶ浜は小さな声で話す。

「あの噂《うわさ》のことさ……。あたしもなんかできるかなーって思ったの……。これなら……、隼人《はやと》くんの噂、みんな気にならなくなるかなって」

「……いや、そうかもだけど、別の噂がね？」

上擦りそうな声を抑えながら言うと、由比ヶ浜《ゆいがはま》が頭を振る。

「それでもいいの」

「よくねぇよ。……怪我人に優しくするのはいいことだけど、時と場合によるだろ、こういうのは」

「別に、優しくしなきゃとか、そんなんじゃないんだけど……」

遠慮がちにそう言うと、由比ヶ浜はかすかに首を曲げて、俺を見る。

ともすれば頰《ほお》が触れそうな、漏らす吐息が混じりあうほどに近い場所。濡れた瞳はそっと伏せられ、頰が朱に染まる。

いつだって期待して、いつも勘違いして、いつからか希望を持つのはやめた。

だから、いつまでも、優しい女の子は嫌いだ。

——優しくない女の子は、嫌いではないけれど。

×　×　×

潮の香りをかき消すように、強い風が吹き付ける。

風向きは山から海へ。

一月末の冷たい空気が火照《ほて》った頬《ほお》を冷ましてくれていた。

マラソン大会が終了し、突如始まった表彰式を一通り見終えてから、俺と由比ヶ浜《ゆいがはま》は会場であった海浜公園から学校へと歩を進めていた。

いつも通りの俺であれば、葉山《はやま》の完勝で幕を閉じた表彰式なんぞ鑑賞することなく、誰に干渉されるでもなく、一人さっさと帰っていただろう。それこそ、余計な感傷なんて抱くこともなく。

けれど、そうはならなかった。

間抜けなことながらマラソン大会中に負傷した結果、その治療を由比ヶ浜にしてもらい、その流れのままに、腕を取られて今に至る。

学校へと向かう道を二人寄り添うようにして、歩いていた。

隣を見るにはいささか気恥ずかしく、俺の視線は常にあちらこちらをふらふらとしている。

ややずっしりとした重みのある救急箱は既に俺の手の中にある。その黒いプラスティックの取っ手をぎゅっと握り直して、ふと街路樹に目をやった。

葉を落とした梢《こずえ》は見た目にも寒々しい。

汗が滲《にじ》んだジャージは体温を奪っていく。

木枯らしがすぐそばを走り抜けると、真っ赤になっているであろう耳がひりつく感覚がしてきた。

舌先で唇に触れると、乾ききった風のせいでかさついているのがよくわかる。

真冬の空気は五感すべてに寒さを訴えかけてきていた。

だというのに、誰も触れられない、見ることもできない箇所はじわりじわりと熱を帯び始めている。

こくりと喉を鳴らして味のしない唾液を飲み下し、顔のすぐそばを漂う甘い香りにすんと鼻を鳴らす。

むず痒《がゆ》い沈黙が続いていた。

耳に届くのは困ったような吐息ばかり。それが俺のものか彼女のものかは判然としない。その吐息を漏らすタイミングが重なると、互いに顔を見合わせてしまう。

「あはは……」

目が合ってしまった気まずさを誤魔化すためか、由比ヶ浜がはにかむように笑う。できることなら俺も笑って今の状況を誤魔化してしまいたい。けれど、残念ながらそんなスキルは持ち合わせていない。おかしい……、笑うなんて誰でもできるもんって聞いたのに……。

なので、代わりに益体《やくたい》ないことの一つも言って、意識を他ごとへ向けようと重い口を開いた。

「……なんか、あれだな」

意味を為さない呟《つぶや》きに、由比ヶ浜《ゆいがはま》がはっと表情を改める。俺の腕を摑《つか》む力がかすかに強くなり、言葉の続きを待つ雰囲気にはどこか緊張の色が見えた。

布地越しに伝わる体温。

それをはっきり感じてしまうと、言おうとしていたことは頭から消え失《う》せる。

「……やっぱ今日寒いな」

だから、ただ思ったことだけを口にしていた。それでもやはり、益体《やくたい》のないことではあるけれど。

「う、うん……。だね」

あまりに意味のない俺の呟きに、返すべき言葉に困ったのか、由比ヶ浜が打つ相槌《あいづち》も模糊《もこ》としている。

ただ、ジャージの袖《そで》を握りこんだ力は、ほっと脱力したように、やや緩《ゆる》んだ。

それきり会話は途切れてしまう。

また、沈黙。

耳に届くのは無音ではなく、無言。

かすかな息遣いの中に、込められた感情がいかなるものかは判然としない。それを聞き分けるには、身の内から響くどくどくとした音が大きすぎて、少し難しい。

その律動が由比ヶ浜に聞こえやしないだろうかと不安に思っていると、ひゅうと北風が吹きつけてきた。

襟刳《えり》りや袖口から入り込む冷気に思わず身を竦《すく》ませる。

「寒い……」

恨み言めいた呟きが漏れた。すると、由比ヶ浜もこくこくと激しく同意する。

「ほんとだね。ひゃー！　風、冷たっ！」

由比ヶ浜はううっと身震《みぶる》いすると、気持ち、半歩ほど車道側へ。俺のほうへと距離を詰めてきた。

「ちょっと？　風よけにするのやめてくれる？」

「でも、寒いし……」

言いながら俺を見上げる表情は、スーパーマーケット前に繋《つな》がれている子犬にどこか似通っている。そういう顔をされてしまうと、俺も距離を開けづらく、ただ不承不承《ふしょうぶしょう》に唸《うな》ることしかできない。

「……まぁ、寒いけどな」

「うん、寒いから」

真面目くさって頷《うなず》いてみせると、由比ヶ浜はふっと微笑《ほほえ》みを浮かべた。

まったくもって、今日は寒い。

おそらく、気温としては昨日と大差はないのだろう。

けれど、一段と寒い。

寒さが分かるようになったのは、たぶん、温かさに触れたからだ。

……まぁ、寒いから。

こうして歩くのも、しょうがないな。

×　×　×

二人、並んで歩く距離はさして長くない。

海浜公園から校舎までは歩いて数分程度しかかからないのだ。

けれど、その道のりがずいぶんと遠く感じられた。

マラソン大会で結構な距離を走らされた直後だから存外疲れているのかもしれない。

あるいは、その大会中に転んで怪我をしたからだろうか。簡単な手当てはしてもらったものの、それでも未《いま》だにちくちくとした痛みがある。その傷口に障らないように、やや引きずるような足取りだ。

どちらの理由もあって、俺たちの足取りはかなりゆっくりしたものになっている。

けれど、それだけではなくて。

おそらくは、誰かに腕を取られて歩くことに慣れていないから、というのが一番大きな理由だろう。

そして、それは腕を取る側も同様らしい。由比ヶ浜《ゆいがはま》の足取りもどこかおっかなびっくりといった様子だ。

道すがら、引き揚げていく生徒たちの姿がちらほら見受けられ、たまにこちらを振り返るような視線を感じる。

それも道理ではある。

普段の俺なら、別段誰かの注目を集めることはない。特に、こうして外を歩いているときなんかは他人の興味を引きようがない。

考えてみれば、街中を歩けば誰も彼もが一人で過ごしていることが多いわけで、そうした人間一人一人に、「あの人ぼっちだ！　きっとギターが上手いに決まってる！」なんて感想を抱くはずもない。

数多いる一人の人間なんて、日常生活で目にする風景の一部だ。たとえ視界に入っていたとしてもそこに注意が向けられなければ認識されはしないのだ。

ただ、その一個人に「学校」だとか「制服」だとか、そうした記号が貼り付けられると話が変わってくる。

中学生や高校生は群れているものだという前提条件が存在するからこそ、学校行事や教室で一人過ごすことに違和感が生じる。

学校や教室という狭い空間、閉じたコミュニティ、その定義の内に一人でいるからこそ、ぼっちはぼっちとして成立しうるのだ。既成概念や固定観念、前提条件から外れてしまえば、そもそもぼっちという記号も機能しえない。

サバンナで群れからはぐれたガゼルの姿が気にかかるのは、ガゼルが群れで行動し、かつ肉食獣の餌食となることを我々《われわれ》が知っているからだ。そうした知識がなければ、ガゼルが一頭で行動している姿を見ても「あ！　ガゼルだ！　それともインパラかな？」くらいにしか思わないだろう。ちなみにガゼルとインパラはお尻の模様で見分ける。これ豆知識な。

つまり、人は自分の持っている常識や摂理から外れた光景を目にしたときに違和感を覚えるという話。

現在の状況で言うならば、俺と由比ヶ浜《ゆいがはま》が寄り添うようにして歩いている姿。

ことに、由比ヶ浜結衣《ゆい》は人目を惹く。

その薄桃色の茶髪も、あどけなくも整った可愛《かわい》らしい顔立ちも、快活で人懐っこそうな微笑《ほほえ》みも、余人が羨《うらや》むプロポーションも。さらに言えば、葉山《はやま》や三浦《みうら》といった目立つ人物たちと日常的に交流している事実も、この学校というコミュニティにおいては知名度アップに大きく寄与している。

そんな彼女の横に見慣れない男がいれば、おっと思って振り返り、二度見三度見くらいはするだろう。

ましてや、件の葉山 某《それがし》と付き合って云々《うんぬん》で友人の三浦某等々と修羅場《しゅらば》がどうしたこうしたという噂《うわさ》が流れていた現状では由比ヶ浜に好感情、あるいは悪感情を抱くものが一定数いるだろうことは明々白々。

然《しか》るに、好奇の視線が注がれやすい状態なわけであり、そんなときに俺と歩いている。この状態を見て、未《いま》だに葉山と由比ヶ浜が云々などという噂を言い立てる輩《やから》はおるまい。俺の目的であった、葉山隼人《はやと》とその周辺に関する妙な噂の払拭については、遠からず達せられるだろう。

だが。

また何か新たな問題が生まれつつある予感がする。

もしかすると、他校の男子改め俺と由比ヶ浜が云々と言い出す奴も中にはいるかもしれない。それこそ、花火大会の時に出くわした相模南《さがみみなみ》のように。

ともあれ、それは花火大会といういかにもなイベントごとで現場を押さえられてしまったからこそであり、こうした学校行事、しかも怪我人の介抱という理由であれば、由比ヶ浜の迷惑にはならない……よね？　もうわかんないよぉ……。ふえぇん。

などと、多少の混乱に見舞われながら、ふらふらと歩く姿はまさにゾンビ。

腐った目ももちろんのことだが、うまく論理立てて言葉が出てこず、「あー……」と懊悩《おうのう》する唸《うな》り声と「ヴァーー！」と後悔する叫び声とが心中で何度も交錯する。なんならそのまま「アーアーアーアッ――――！　ウェネバハペッツー、デットビーティーー！　ユメーナ、ペーパボーイ、イーベンティービーー！　あーあーー！」とフルハウスのOPを歌い始めるレベル。

煩悶《はんもん》しながらも、足は勝手に動いていく。

海浜公園からだいぶ離れて、校舎の正門へと至る最後のストレートへと至った。あとは横断歩道を渡ってしまえば学校に到着だ。目にする生徒たちの姿もちらほらと増えてきている。

校舎が見えてくると、俺の歩調は無意識のうちに加速しているように感じられた。

隣を歩く由比ヶ浜《ゆいがはま》はやや不思議そうに俺を見上げるが、俺の歩む速度に合わせてくれる。取り立てて何かを言うわけでもない由比ヶ浜だったが、ふむと小さく首を捻《ひね》ると何事か思い至ったのか、「あ」と小さな呟《つぶや》き声を漏らした。

そして、こそっと俺の影に入るように、半歩詰めると、口元に手を当ててぽしょっと小声でささやいた。

「……ちょっと恥ずかしいね」

あははと照れたような笑い声を付け足されて、俺は言葉に詰まる。

いや、胸が詰まったのかもしれない。その可愛《かわい》らしい一言に、無傷のはずの心臓が『ホームアローン』のマコーレ・カルキンくらい悲鳴を上げていた。

いろいろ言葉を弄《ろう》して、論理をこねくり回して、あれこれ考えてはみせても、結局のところ、俺が気にしていることは先刻由比ヶ浜が口にした一言に集約されてしまう。照れくさいのは確かにある。どこか面映《おもは》ゆいとも言える。もともと他人の視線に敏感だから気になってしまうだけなのかもしれない。

けれど、もっと大きな理由がある。

俺といることで、由比ヶ浜が嫌な思いをしないかと、そんな不安がいつまでたっても拭《ぬぐ》えなかった。

俺程度の影響力で由比ヶ浜が不興を買ったりはしない。

彼女は俺が思っているよりももっとずっと強い。

そうでなきゃ、あの噂《うわさ》の解決方法にこんな手段を取り得ない。だから、俺の心配はきっと杞憂だ。

そう理解はしていても納得はできずにいる。

そんなのは自意識過剰の自信過剰。そもそも誰も比企谷八幡《ひきがやはちまん》の交友関係になど興味はなく、俺が一人でいようが誰かといようが気にはしないだろう。

自分一人のことであればそう割り切って、余計な視線も情報もシャットアウトしてしまえばいい。

だが、そうやって遮断することができず、気に掛けている時点で確かな関わりや繋《つな》がりを感じていて、そのことに安堵《あんど》している自分がひどく気持ち悪い。彼女に嫌な思いを強《し》いる可能性を認識しながら、それを見過ごすことを良しとしようとする性根が我《われ》ながら不甲斐なく情けない。

結局のところ、人と人との関わりを意識し始めたその時から、俺自身、誰かの視線や思惑を気にするようになってしまっているのだ。

まるで、いつかの誰かみたいだ。

傍《かたわ》らの由比ヶ浜《ゆいがはま》をちらと見て、ひとつ咳払《せきばら》いをする。

気づけば、俺たちは昇降口付近にまでやってきてしまっていた。

ここから先は校舎の中。腕を取られ、支えられて歩く姿は外よりも断然目立つだろう。助けてもらうのはここまでで充分だ。

「……あの、もうほんとだいじょぶなんだけど」

「うん」

そう答えて頷《うなず》くものの、由比ヶ浜の手が離れることはない。

かといって、俺がその手を振り払うこともない。

いいのだろうかという疑問を声には出せず、そのまま靴を履き替える。そうしている間も由比ヶ浜は支えるようにそっと肩に触れたままだった。

足元ではない傷口に、ちくりとした痛みが走る。

由比ヶ浜も俺を支えにするようにしながら靴を履き替えると、昇降口から離れ、誰もいない特別棟の廊下を歩く。

このまま、教室まで向かうのかと思った矢先、由比ヶ浜がくいくいと俺の袖《そで》を引いた。

「それ、返しにいかないと」

言いながら、俺が持っている救急箱を指差す。

「そうだな……。ちょっと行ってくる」

重みのある木製の救急箱を改めて握り直して、特別棟のほうへと向かおうとした。すると、なぜか由比ヶ浜もそれについてくる。

「あたしも行くよ。ゆきのんもたぶんまだ保健室いるし」

「あ、そう？　じゃあ、これも任せていい？」

わざわざ救急箱程度を戻しに行くのに、人手は二人もいるまい。コスト管理を徹底する社畜思考そのままにそんなことを言う。

「……う、うん。い、いいけど」

由比ヶ浜がドン引きしていらっしゃいました。引き攣《つ》り気味の笑顔で、すっごい不承不承《ふしょうぶしょう》言われてしまった。

「……冗談だよ。ちゃんと返しに行く」

「なら、いいけど」

不機嫌そうな声音《こわね》とともにぐいと腕を押される。

まぁ、おっしゃる通り。

借りた物は返さなければならない。

物だけではなくて、言葉や想い、温もりも。

わざわざ返報性の原理などと、七面倒くさい言葉を持ち出すまでもない。

いつかちゃんと報いる。

あるいは、報いの時が来るだろう。

× × ×

校舎の中は閑散としていて、先ほどの広場よりよほど寒く感じた。

まだ多くの生徒はマラソン大会の会場にいるか、あるいは思い思いに自由な時間を過ごしているのだろう。

人気《ひとけ》の無い廊下をゆっくりと歩く。

特別棟の窓枠は吹きすさぶ風に打たれてがたぴしと音が鳴った。その音だけでも寒々しいのに、廊下にはどこからか隙間風でも入りこんできているらしく、足元を這《は》うような冷気が立ち込めている。

「待たせちゃったかなぁ……」

隣を歩く由比ヶ浜《ゆいがはま》が不安げに言って、俺を急《せ》かすようにやや歩調を速めた。自然、腕を取られたままの俺も、それに合わせて足を送る。

まぁ、まだ雪ノ下《ゆきのした》が保健室に残っているかどうかはちょっと微妙な時間ではある。

これが由比ヶ浜であれば、忠犬よろしく帰ってくるのを待っているだろうが、雪ノ下の場合はどうかな……。いや、ついさっきまで全校生徒が出払っていた校舎の中は暖房もつけずに寒い状態のままだから、縁側で日向ぼっこをする猫さながらにぬくぬくととどまっているかもしれない。

行き着いた保健室のドアをノックする。

「どうぞ」

聞き馴染《なじ》みのある声が返ってきた。

どうやら、まだ待っていてくれたらしい。思いながら扉を開くと、その予想は過《あやま》たず、扉の先には雪ノ下がいた。雪ノ下は体操服姿のまま、椅子《いす》に腰かけてきょとんとした顔で俺を見ている。

「比企谷《ひきがや》くん？」

「おお」

俺の後ろに誰かがいるのが見えたのか、雪ノ下は覗《のぞ》き込むように首を傾ける。

すると、俺の腕からぱっと手が離れた。

「やっはろー！　ゆきのん！」

「由比ヶ浜《ゆいがはま》さんも、一緒だったのね……」

その声音《こわね》にはいくらかの驚きが含まれているようだった。見れば、雪ノ下《ゆきのした》はぼうっと呆けたような顔をしている。

透き通った瑠璃のような瞳に映るのは俺と由比ヶ浜の姿。俺たちを見つめる雪ノ下の口元は意外なほどにあどけなく、音のない吐息が漏れた。

「遅くなってごめんね！」

そんな雪ノ下の表情をどう捉えたのか、由比ヶ浜は大きな声で言いながら保健室へと入っていき、その足で雪ノ下の向かいに座る。

雪ノ下はすぐに我《われ》に返ると小さく頭を振って、由比ヶ浜に微笑《ほほえ》みかけた。

「別に構わないわ」

声音は普段と変わらず、はっきりとし、淀《よど》みがない。

二人の会話を聞きながら、俺は救急箱の置き所を探す。保健室の中を右往左往していると、壁際の薬棚にぽっかりと空いたスペースを発見した。おそらくは元々ここに置かれていたものに違いない。

その薬棚の戸を開け、いよっと軽く伸びをして救急箱を押し込むと、足の傷にずきりとした痛みが走った。ひぎぃ！　と小さな悲鳴を漏らすと、雪ノ下が怪訝《けげん》そうな表情をする。

「比企谷《ひきがや》くんは……怪我？」

ちらと俺の足に視線をやると、雪ノ下は痛ましげに目を細める。

「ああ、ちょっとな」

まさか足がもつれて転んだとは言えない。かっこ悪いし。それに、なんかほら、そういうこと言うと、ＤＶ被害者の言い訳みたいになっちゃうじゃん。「違うの！　これ、ほんと転んだだけだから！」みたいな。俺がＤＶにあってるだなんて余計な心配をかけるわけにもいかん。

適当な言葉を口にしながら、薬棚の戸をぱたんと閉める。

振り返ると、雪ノ下が気遣うような眼差《まなざ》しで、俺の足を見ていた。

「それは自分で手当てをしたの？」

「あー、いや……」

少々不格好な包帯の結び目に視線をやり、何と説明したものかと口を開きかけると、由比ヶ浜があはーとやや大げさに笑う。

「や、やっぱり巻き直した方がいいかなー！　あたし、こういうの苦手で、なんていうかあんまり綺麗《きれい》にできないんだよね……」

自信なさげにお団子髪をくしくしといじる姿を見て、雪ノ下は静かな微笑みを浮かべて小さく首を振った。そして優しい声音で言う。

「いいえ、これで充分よ」

「怪我しているのは俺なんですけどね？」

なんで雪ノ下《ゆきのした》が俺の怪我の状態を勝手に判断しちゃったの？　お前、あれだぞ、それうちの近所の医者相手だったら超怒られてるぞ。病状聞かれて「なんか風邪っぽいんですけど……」って答えたら「そういうのは私が決めるから。そもそも風邪っていう病気はないんだよね。わかる？」みたいなガンギレかまされたからな。

ともあれ、実際怪我の程度は大したことない。急に足を伸ばしたり屈んだりしなければ、痛むこともない。なので、椅子《いす》に腰かける時は慎重に……。

手近にあった丸椅子を引き寄せて、ゆっくりと座る。すると、それを待ってくれていたように、雪ノ下はおもむろに口を開いた。

「葉山《はやま》くんと走っていたようだけれど……、何か進展はあったの？」

「……だいたいの問題は片付いたと思う」

葉山隼人《はやと》の優勝と突発的な表彰式。そこでの葉山のコメントによって、粗方の葉山隼人に関する噂話《うわさばなし》は払拭できたはずだ。

そのあたりのことを掻《か》い摘《つま》んで説明する。

時折、由比ヶ浜《ゆいがはま》がわちゃわちゃと手ぶりを交えて多少の補足をしてくれた。それに雪ノ下は適宜こくこくと頷《うなず》きを返して相槌《あいづち》を打つ。

だが、葉山が陽乃《はるの》さんの名前を出したというくだりを聞いた時だけは、その頷きがぴたりと止まり、難しい顔でこめかみに手をやっていた。うん、まぁ、この手の話に家族の名前が出てくるのちょっと微妙だよね……。

ことの顚末《てんまつ》の大方を話し終えて、俺は大きなため息を一つ吐《つ》く。

「……まぁ、即効性には欠けるが、次善策としては一定の効果があるんじゃねぇかな」

他に正しい言い方が思いつかず、やや曖昧《あいまい》な結論を口にする。と、雪ノ下はしばらく口元に手をやり何事か考えていたが、すっと手を下ろした。

「そうね……。完全に消えるということはないでしょうけれど、私にはそれで充分だわ。ありがとう」

「礼なら葉山に言ってくれ。俺は特に何もしてない」

「ええ。そうする。けれど、あなたにも、一応」

言って、雪ノ下が軽く笑《え》む。

まぁ、一応というのならその礼はありがたく受け取ろう。

だが、実際のところ、謙遜《けんそん》でも何でもなく、本当に何もしていない。葉山と中身のない話をして、無様にスッ転んだ。端的に言って、それだけしかしていない。

目に見える形で行動を起こしたのは葉山であり、……そして、由比ヶ浜だ。彼女の行動が周囲にどんな印象を与えたかはまだわからないが、少なくとも、葉山隼人に関する噂話周辺事情における由比ヶ浜の立ち位置は明確に変わっただろう。

それが、彼女にとって良いことか悪いことかはともかくとして。

そんな一抹の不安を抱いてしまったせいで、知らず、俺の視線は由比ヶ浜《ゆいがはま》へと向いてしまう。すると、由比ヶ浜はこそっと視線を外して、お団子髪をくしゃりといじり、ちらと一瞬だけ、潤《うる》んだ瞳でこちらを見返してきた。

そのアイコンタクトのおかげで、つい先ほどまでの道程が思い出され、むず痒《がゆ》い気分にさせられる。

かすかな沈黙が流れ、暖房のファンが回る音と、加湿器の低い駆動音が室内に響く。

無言の静寂の中に、ふうっと小さな吐息が漏れた。

「これで、解決、ということになるのかしら。……由比ヶ浜さんのほうは、どう?」

雪ノ下《ゆきのした》が気遣うような視線を向けると、由比ヶ浜はぐっと両の拳《こぶし》を握って前のめりになる。

「あ、あたしも全然平気！　何か言われてもそんなに気にしないし！」

「そんなに、ということは多少は気にするのかしら……」

「あ、いや、じゃなくて！　全然気にしないから！」

小難しげな表情の雪ノ下に、由比ヶ浜がわたわたと手を振りながら慌てて言い添える。そして、喉の調子を確かめるように小さく息を吸うと、そっとその手を膝に置いた。

「あの、ね……。あたしも、あたしなりにちゃんと考えてる、というか……。だから、だいじょぶなの」

まっすぐに雪ノ下を見つめてそう言った。言い方こそ拙《つたな》く、たどたどしいが、だからこそ、虚飾などただの一片もなく、誠実な言葉なのだと感じられた。

海辺に沈む落日。その残照が白を基調とした保健室を徐々に朱色に染め上げていく。ほのかな陽光に照らされる由比ヶ浜の真剣な表情を、雪ノ下は眩《まぶ》しそうに見つめていた。

「そう……。なら、よかったわ」

雪ノ下は口元を綻《ほころ》ばせて、どこか儚《はかな》げにすら思える微笑を湛《たた》える。見る者の胸を締め付けるような、綺麗《きれい》な笑顔に俺も由比ヶ浜も一瞬息を呑《の》んだ。

「そろそろ行きましょうか」

雪ノ下は音もたてずに、すっと椅子《いす》から立ち上がる。由比ヶ浜も頷《うなず》きを返してそれに続く。

「だね。打ち上げの準備もしなきゃだし」

「打ち上げ……」

ああ、そうか。俺はこの後もまだ仕事があるのか……。散々走った上に、怪我までしてるのにドリンカーなどという激務をこなすのか……。

この後のことを想像すると、めちゃめちゃ腰が重くなる。はぁ～、もうほんっとマジで仕事したくねぇ～……。

深々項垂《うなだ》れ、床を見つめていると、視界にすっと白い手が現れる。

ぱっと顔を上げれば、由比ヶ浜が手を差し出していた。こそっと視線を外し、小さな声でぽしょぼしょ呟《つぶや》く。

「あの、足……、アレだし……」

「そんな奴働かせないでほしいんだよなぁ……」

なんて、お為ごかしに混ぜっ返して、俺はいよっと勢いつけて立ち上がった。ついでに惰性任せに腕もぶるんと振って、胸の前で小さく拳《こぶし》を握る。

よし……。今日も一日がんばるぞい。

9 だから、今はまだ――

伝票を排出する小さなプリンターがオーダーを吐き出し続けていた。

一杯捌けば三杯入り、二杯捌けば五杯入る。脳内ではずっと水前寺清子の歌がヘビロテされている。

借りた制服は汗だくで、ワイシャツにはトマトジュースやグレナデンシロップが飛び散り、ちょっとそこで殺《や》ってきました！　と言わんばかりの酷い有様だ。

だが、ぼろぼろの服を着ていても、俺の心は錦のごとく輝いていた。今まさに脳内で水前寺清子もそんな感じで歌っている。仕事したくねぇなぁと言いつつも、黙々と作業しているうちに、脳内麻薬でOD状態。ドーパミンはどぱどぱ出て、アドレナリンはアドアド出てくる。気づけば脳内プレイリストは水森亜土に変わっていた。この脳内、ジジイが過ぎるでしょ。

折本《おりもと》かおりのバイト先を借りての打ち上げは大盛況と言っていい。

生徒たちが入れ代わり立ち代わりでやってきて、延べ数十人は来店しているのではないだろうか。葉山《はやま》グループをはじめ、戸塚《とつか》たち、そしてなぜか材木座《ざいもくざ》までいた。

打ち上げがスタートして、一時間ちょっと。

モクテルの物珍しさにも慣れてきたのか、それとも各テーブルで話が盛り上がっているのか、ぼちぼち注文が落ち着いてくる頃合いだ。一時は吊り棚から床まで垂れ下がっていたオーダー伝票も、二、三枚程度になっている。

ようやく一息つけそうだな……と思っていると、折本がぱたぱたやってきた。

「比企谷《ひきがや》ぁ、交代。休憩はいっちゃって」

「お、いいのか」

「うん。フード全部出し終わったから」

言って折本がホールをちらと見る。つられて見れば、先ほどまでキッチンに立っていた店長がホールに立ち、まったりタイムになろうとしている。確かに休憩にはいいタイミングだな。

「了解。あ、その三つまだ作ってないやつだから」

俺はドリンカーのポジションを折本に譲り、入れ違う間際に未処理の伝票を指差し、申し送り。折本はふんふん頷《うなず》く。

「ん。おけー。あ、雪ノ下《ゆきのした》さんも休憩いっていいよー」

折本はホールへひょいと顔を覗《のぞ》かせ、雪ノ下に声を掛けた。やがて、フロアの彼方《かなた》から、ふらふらへろへろ疲労困憊の雪ノ下がよろよろ歩いてくる。

「お疲れさん」

労《ねぎら》いの言葉と一緒に、ジョッキに入れた紅茶を渡す。

「ありがとう……。疲れた……。思ってたより、ずっとハードね……」

雪ノ下《ゆきのした》は両手でジョッキを抱え、一口呷《あお》ると、ぷはっと小さく可愛《かわい》らしい息を吐く。普段に比べていささかお行儀の悪い仕草が今は妙にはまって見える。

「カフェダイニングの宴会ならこんなもんだろ。底辺の居酒屋チェーンはもっとひどいぞ」

今回はアルコールを出してないから客の素行もいいし、吐瀉物の処理もしなくていい。呼び込み行けと言われて真冬の駅前で二時間声掛けせずに済むし、『お値段そのまま気持ち濃いめダブルで！』とかいうダブルピースクソ親父の注文を苦笑いで無視することもしなくていいのだ。

などと、居酒屋悲惨物語をぽろっと口にしたら生粋のお嬢様であるところの雪ノ下は絶句し、ドン引きしていた。一方、傍《かた》え聞きしていた折本《おりもと》は「それある！」と大爆笑している。

雪ノ下はふーっと疲れたため息を吐《つ》く。

「あなたに労働について説かれるのはなんだか釈然としないけれど……。でも、比企谷《ひきがや》くんが慣れていて助かったわ。途中、提供速度を落としてくれたからなんとか対応できた」

「気づいてたのか」

飲食勤務経験はなかったはずだが、さすが雪ノ下。よく見ている。へぇと感心して言うと、雪ノ下は謙遜《けんそん》交じりの苦笑を浮かべる。

「さすがにあれだけ差をつけていればね。ファーストドリンクを出す速さなんて異常だったもの。あれ、作り置きだったの？」

「定番どころの仕込みだけな、ある程度レシピ共通してるやつとか」

「なるほど……。それを先に説明してほしかったわ。そしたら注文を誘導してもっと効率を上げられたかも……」

雪ノ下はふむと顎《あご》に手をやり、考え込む。瞳は生き生きと輝き、口元は楽しげに綻《ほころ》んでいた。

俺が言うのもなんだが、こいつも大概ワーカホリックだな……。

「てかさ、比企谷たちも普通に打ち上げ参加していいよ。こっち平気だから」

折本は俺たちの分のドリンクを出しながら、ホールを指差した。俺と雪ノ下は顔を見合わせ、じゃあ……とドリンクを受け取りつつ、折本に礼を言って宴席へと近づく。

しかし、打ち上げといっても、なかなか身の置き所がない。こういう騒がしい雰囲気はあまり得意でないのが、俺と雪ノ下だ。

ホールを見やれば、主役の葉山《はやま》は常に誰かしらに囲まれ、忙しそうにしているし、戸部《とべ》たち三馬鹿三羽烏もウェイウェイやかましくしている。

三浦《みうら》、海老名《えびな》さん、一色《いっしき》は奥まった席に陣取り、ひそひそと何か協議していた。おそらくは陽乃《はるの》さんについて情報交換でもしているのだろう。トレイを胸に抱え、テーブル脇に立つ由比《ゆい》ケ浜《がはま》が時折補足を入れているようだった。どうでもいいけど、いろはすはまだお仕事中なんじゃないですかね。どっしりと腰を落ち着けてますけど。

さらに窓側の席で戸塚《とつか》はテニス部らしき連中と盛り上がっていて、材木座《ざいもくざ》もほくほく笑顔でそこに参加している。俺がお邪魔するとしたら、その卓なのだが、既に出来上がっている雰囲気に今から入れる気はしない。

副会長と書記ちゃんはあははうふふと仲良く労働に勤しんでいる。なめんな働け。

その他に知り合いと呼べる人はおらず、俺たちはなんとなくカウンター席へ向かった。こういう時は壁際へ寄るのが安定行動だ。

「お疲れさま」

雪ノ下《ゆきのした》の言葉とともに俺の目の前にすっとシャンパングラスが差し出される。気づいて俺もグラスを手にした。

「ん、ああ。お疲れ」

「では……」

雪ノ下は軽く微笑《ほほえ》むと、シャンパングラスをくるりと回す。モクテルのミモザが滑らかに波打ち、ふわりとオレンジの香りが漂った。

では、の後に続く言葉はない。音にはならず、声には乗せず、耳には届かず、胸の内だけで紡《つむ》がれる言の葉。俺も同じように、口を開くことなく、シャーリーテンプルを同じ高さに掲げ、グラスを合わせた。

騒々しいはずの店内で、薄張りの硝子《ガラス》が静かに鳴る。

淀《よど》みも歪みもない、澄んだ音。

互いに一口飲むと、ふっと息が漏れる。雪ノ下が驚いたように口元に手を添えた。

「美味《おい》しい……」

「それが労働の味だ」

年嵩ぶって俺が言うと、雪ノ下がくすっと笑う。

「似合わないこと言うのね。……でも、悪くないわ」

その言葉に俺は頷《うなず》きを返す。

ああ、確かに悪くない。

まさか雪ノ下とこうしてグラスを酌み交わすことがあるとは……。労働など苦役でしかないと思っていたが、この雰囲気が味わえるならそう悪いものじゃない気がしてくる。

いつか、仕事終わりに、こんな風に。

……なんて、そんな未来を幻視する程度には悪くない。

俺たちはしばらくそのまま、無言でグラスを傾けて、フロアを眺めていた。

と、その視線に気づいたのか、いろいろなところを回っていた葉山《はやま》が俺たちのほうへやってくる。主役は挨拶《あいさつ》回りで大変そうだな……。

「お疲れさま。ありがとう、打ち上げスタッフやってくれて」

葉山の礼に雪ノ下は大したことないと言うように首を振り、俺も同意を込めて頷く。

優勝おめでとうの一言くらいあった方がいいのかと考えていたら、葉山がすっと頭を下げた。

「すまない。いろいろ、……変な噂《うわさ》とか、迷惑をかけた」

その謝罪に雪ノ下《ゆきのした》が戸惑ったように声を詰まらせる。だが、それも一瞬のことで、すぐにふっと砕けた微笑《ほほえ》みを浮かべた。

「迷惑と言うほどでもないわ」

その笑みに葉山《はやま》もまた柔らかな微笑で頷《うなず》き、静かな謝意を伝える。俺が知る由《よし》もない過去の話についてはそれきり触れられることはない。

代わりに、雪ノ下はこれから先の話をした。それもかなり大きなため息交じりに。

「それより、姉さんに関わる事柄のほうがよほど迷惑を被りそう。今後はより一層距離を取ってもらえると嬉しいわ」

頬《ほお》に手を添え、清楚可憐ににっこり笑う雪ノ下。対して、葉山はきらりと歯を輝かせ、爽《さわ》やかスマイル。

「そうならないよう努力はするつもりだよ」

「あまり期待はしていないけれど、ぜひそう願いたいものね」

うふふふあははははと二人の空々しい笑い声が響き合う。嫌だなぁ怖いなぁ、この二人の全力笑顔……。裏しか感じないんだよなぁ……。

と、俺が目を背けた先、奥まったテーブル席で、由比ヶ浜《ゆいがはま》と一色《いっしき》がちょいちょいと手招いていた。由比ヶ浜は口元に両手を添え、「ゆきのーん」と控えめな声で呼んでいる。

「雪ノ下。呼ばれてるぞ」

くいっと顎先《あご》で由比ヶ浜たちの方を指す。雪ノ下はそちらを見やると、うっと少し嫌そうな顔をした。由比ヶ浜の後ろで腕組みしている三浦《みうら》の姿を見てしまったからだろう。おそらく陽《はる》乃《の》さんに関する事情聴取があるはずだ。

雪ノ下は諦めのため息を吐《つ》くと、俺に微苦笑を向ける。

「ちょっと行ってくるわ。また後で」

俺はああと頷き、とぼとぼ歩く雪ノ下を見送った。

カウンター席には俺と葉山だけが残される。

互いに何も言わない無言の時間が流れていく中、不意に氷がカランと音を立てる。ちらと見れば葉山がグラスを回していた。葉山はそのグラスをすっとこちらへ傾ける。

「とりあえず」

「ああ」

それだけ言って、視線を交わすことさえせずに、カンと、荒々しくグラスをぶつけ合う。

葉山はグラスの中身をちびりと舐《な》めて、ふっと冷めた息を吐く。

「距離を取れって言われてもな」

「無理だろ。あの人、執着エグいし」

「だよな。まぁ、君のせいもあると思うが」

「やめろ、そこに俺を絡ませるな。男の嫉妬《しっと》は醜いぞ」

「はっ、よく言う……」

そこで葉山《はやま》の言葉が途切れた。急に黙られるとこっちも困る。やだ、わたしったら葉山くんを怒らせちゃったかしら……。と、ちらと横目で伺う。

葉山の目は怪訝《けげん》そうに細められていた。しかし、向けられた先は俺ではない。店の入り口、ドアの硝子《ガラス》窓を訝《いぶか》しむように見ている。

何かあるのかと、俺も目を凝らすと、窓にマッシュ気味の髪型がちらちらしていた。さらによくよく見てみればそれは苛立《いらだ》たしげに上下していた。

もしや、玉縄《たまなわ》か……？

ちょっと自信がないので、玉縄判別人である折本《おりもと》の姿を探したが、今はドリンカーに入っているようだ。しょうがない、気づいちゃった以上、俺が行くしかねぇな……。

俺は葉山にじゃっと軽く手刀切って店の入り口へと向かった。

ゆっくりドアを開けると、からからとカウベルが鳴る。

その音に玉縄はぎょっとして、俺をまじまじと見つめてくる。が、やってきたのが俺だと気づくと、ふっと不服げに前髪を吹き上げた。ごめんね、俺で。

「あの、今日貸切なんだけど……」

「そ、そうか……。インスタ、見落としてたかな……」

　玉縄はいそいそスマホを確認しようとする。ちらと覗《のぞ》いてみたが、この店の公式アカウントとやらは見栄え重視らしく、載ってる情報はオシャンなカフェメニューやノリが良さげな美少女店員の写真が多いようだった。そのくしゅくしゅパーマの美少女店員の写真には「いいね」がばっちり押されてますね……。

「あ、会長」

　と、俺の背後から、件《くだん》の距離感近めで慣れてくると雑に扱ってくれる美少女店員の声がする。振り返れば、折本があはーと軽いノリで手を振りながらこちらへやってくるところだった。

「ごめんね、今日うち貸切なんだ」

「いや全然。僕の方こそノマドワーカーとしての意識が足りなかったよ」

　ははっと玉縄は笑っているが、……この人ワーカーなんですか？　と、折本をちらと見る。俺の視線に折本は肩を竦《すく》めて「わかんない、そうじゃん。知らんけど」みたいなリアクションを返してきた。ほーんとこいつ適当……。でも、この雑加減が癖になるんだよなぁ……。

　俺たちのアイコンタクトをどう思ったのか、玉縄はんんっと咳払《せきばら》いする。

「じゃあ、また明日……」

　と、玉縄が言いかけた時、折本がぽんと手を打つ。

「あ、でもテイクアウトならいけるかも。知らんけど」

「そ、そうなんだ。じゃあ、これに……」

玉縄《たまなわ》さんが鞄《かばん》から出したのは水筒だった。いや、マイボトルと言えばいいのだろうか。環境に配慮してます感が前面に押し出されたボトルだ。

折本《おりもと》は「おけー」と軽いノリでボトルを受け取ると、店内へ戻っていく。

そして、店先に俺と玉縄さんが取り残されてしまった……。

っベー……。俺も一緒に戻ればよかった。くぅ〜、下手《へた》こいたぁと内心で思っていると、気まずいのは玉縄も同様らしく、しきりに咳払《せきばら》いをしていた。

やがて、沈黙に耐えかねたように俺に話しかけてくる。

「君は折本さんと仲がいいみたいだね」

「いや、仲良くはないが……」

そう答えたのだが、玉縄はむむっと眉根《まゆね》を寄せ、じっと疑うような眼差《まなざ》しを送ってくる。しばしの間、俺をじろじろ見ていたが、玉縄はうんと意を決し、口を開く。

「……ちょっと相談が」

が、言いかけた矢先、折本がぱたぱた戻ってくる。玉縄はすっと口を噤《つぐ》み、代わりに胸ポケットからパスケースを取り出した。ぴっと抜き取ったのは一枚のカード。

「ここに連絡してくれないか」

俺に小声で耳打ちすると、玉縄はぱっと離れ、にっこり笑顔で折本のほうへ向かう。そのまま二人は何事か話し込んでいた。

渡されたカードを改めて見ると、そこには玉縄の名前の他、アドレスだののアカウントだのの文字列が並んでいる。いわゆる名刺だ。

不吉な予感を漂わせるそれを、俺はそっとケツポケットにねじ込む。

さ、見なかったことにして、仕事に戻ろっかな！

×　×　×

宴の後には茫漠とした寂寥《せきりよう》感がある。

大盛況だった打ち上げも、なぜか戸部《とべ》の音頭で三本締めし、無事終了と相成った。

生徒たちを送り出し、残ったのは俺たち奉仕部と生徒会連中。そして、折本と店長だけ。残る仕事は締め作業とゴミ出しくらいのものだ。

俺はメインで担当していたドリンカーの掃除を終えると、鼻歌まじりにベンチコートを羽織り、お仕事終わりのお楽しみを握りしめ、そそくさと店の裏口へと向かう。

音を立てないようにゆっくりドアノブを回し、外へ出ると、真冬の星空が広がっている。

その空に向けて、俺は大きく伸びをした。

あ——————！　終わった——————！　やった——————！　俺は自由だ——————!!

と、海浜幕張の空に、声にならない叫びをあげる様は名作映画じみていたことだろう。

店の裏口はひっそりと静まり返っていて、路地を通りがかる人もいない。上階のテナントと共用の外階段を見ると、片隅に灰皿が置かれていた。

喫煙者の従業員にとって、ここは憩いの場らしい。まぁ、気持ちはわかる。仕事終わりに星空見上げて、すぱーっと一服するのはさぞ心地よかろう。

俺もその気分を味わおうと、外階段の一段目、ど真ん中にどかっと座った。

煙草《たばこ》はないが、代わりに先ほどドリンカーから失敬してきたグラスがある。グラスの中身は俺が独自開発したモクテルだ。

仕事終わりに一人ゆっくりグラスを傾けるなんて、実に良質で贅沢な時間。

さて、心していただこう……。

と、グラスを呷《あお》ろうとした瞬間、がちゃりと裏口のドアが開く。由比ヶ浜《ゆいがはま》がゴミ袋をえっちらおっちら運んでくるところだった。

由比ヶ浜はよっと勢いつけて、ゴミ捨て場に袋を放り投げる。そして、身震《みぶる》いして、自分の二の腕をさすった。まぁ、この寒空の下、上着無しじゃきつかろう。

ふっと俺が笑《え》み含みの吐息を漏らすと、それに気づいた由比ヶ浜がくるりと振り返り、俺を見つける。

「ヒッキー、さぼり？」

からかうようなトーンの声に、俺はきりっとした顔を作って言い返す。

「まさか。喫煙所の掃除に来ただけだ。終わったらすぐに戻る」

「や、めっちゃ座ってるじゃん。その言い訳無理だから」

手をぶんぶん振って呆《あき》れたように言うと、由比ヶ浜はてくてく階段の前にやってくる。

「ん」

「え？」

由比ヶ浜は俺の正面に立ち尽くす。そして、不満げに唇を尖《とが》らせると言葉少なに言った。

「詰めて」

「あ、はい……」

言われるままに、俺は腰を浮かして端に寄り、スペースを空けた。由比ヶ浜はそこにすとんと座る。

「半分貸して」

そして、俺のベンチコートをぐいぐい引っ張る。ねぇ、ちょっとやめてぇ……。

「いいよ、全部やるよ」

「いいから」

と、脱ごうとしたのだが、押し留められてしまう。結局、右側の袖《そで》だけ脱がされて、そこへ由比ヶ浜がするりと入り込む。

「あったかぁ……」

由比ヶ浜《ゆいがはま》はほぁーと白い息を吐く。

袖《そで》は通さないまま右肩に羽織り、左肩はこっちの腕にぴったりくっつけて、俺から熱を奪っていく。

いや、まぁ、いいんだけど……。ほんとはよくないけど、寒そうにしてたから仕方ないんだけど……。ていうか、めちゃくちゃ恥ずかしいなこれ。恥死量超えてますよ……。

気恥ずかしさに顔を逸《そ》らすと、手にしていたグラスがちゃぷりと波打つ。

「なに飲んでるの」

「俺が独自開発したモクテル、カルーアMAXだ」

由比ヶ浜はへーと大して興味なさそうに言いながら、グラスに顔を近づけ、すんすん鼻を鳴らす。そしてはてなと首を傾《かし》げた。

「なんか知ってる匂いかも」

言って由比ヶ浜は目を輝かせる。そこに宿る知的好奇心が「飲めばわかるはず！」と言わんばかりだった。まぁ、まだ口付けてないし……。と内心言い訳しつつ、はいと渡した。

由比ヶ浜はありがとと呟《つぶや》き、一口飲む。

「おいしい、かも？　なんだっけ、この匂い」

「メープルシロップ。マッ缶に入れると、香ばしさがプラスされ、マッ缶本来のミルキーさをより引き立ててくれる。カルーアミルクをイメージしたモクテルだ」

我《われ》ながらなかなかいい出来栄えだと思う。自信作故《ゆえ》につい語ってしまうと、由比ヶ浜はくすっと微笑《ほほえ》んだ。

「なんか、こういうの似合うよね」

「だろ」

ばさりとベンチコートをジャケットプレイのようにはだけ、カフェ服をアピール。ふふんとドヤ顔で言うと、由比ヶ浜は笑うでもなく馬鹿にするでもなく、うんうんと普通に頷《うなず》き返してくる。

いや、その反応、スベるより恥ずかしいな……。お返しに俺も控えめに褒《ほ》め殺してやろうか。

「……まぁ、似合うって言っても、お前ほどじゃない」

「そう?」

頷いて見せると、由比ヶ浜は嬉しそうに自分のカフェ服を見る。

「この制服、いいよね。ほんとにバイトしよっかな」

「いいんじゃないの」

実際、今日働いてみた感じ、この店はバイト先としては当たりの部類だろう。店長も穏やか、知り合いもいる、友人も近くに住んでいる、客層も悪くなさそう。とくれば、由比ヶ浜のバイト先としては理想的だ。

俺が軽めのノリで賛同すると、由比ヶ浜は意外なことを言った。

「じゃ、一緒にバイトしようよ。あたしとヒッキーとゆきのんで」

「三人でか？」

誰か足りなくありません？　あの子のこと、忘れてない？　言外に問うと、由比ヶ浜《ゆいがはま》はこそっと視線を外す。

「いろはちゃんは今日あんまり働いてなかったから、ちょっと……」

「査定厳しい……」

仮定の話の割りに結構シビアなんですね……。俺が若干引いていると、由比ヶ浜はその仮定をさらに突き詰め始め、うーんと頭を抱え始める。

「あ〜。でもなぁ〜、ゆきのんがお客さんとして来てくれるのも捨て難い……。窓側の席で本読んでて、たまにあたしに気づいて手を振ってくれたりしたら最高すぎる……」

「夢女子の発想なんだよなぁ……」

「でも、やっぱりゆきのんは店長さんかな。あたしがホールで、ヒッキーがキッチンとドリンク担当」

「俺の負担でかくない？」

「向いてると思うけど」

由比ヶ浜はカルーアＭＡＸをちびりと飲んで、うんと頷《うなず》く。俺にとってもカルーアＭＡＸは会心の出来なので、褒《ほ》められるとちょっと嬉しい。

「それ全部飲んでいいぞ」

俺は、ふふっと笑《え》みを浮かべて優しく言った。が、由比ヶ浜は無表情でぷるぷる首を振った。

「全部はいらない」

「お前、その反応正直すぎるだろ……。さっきのリアクションも疑わしくなっちゃうでしょ？」

「や、違くて」

ぶんぶん手を振って言うと、由比ヶ浜は前屈みになり、身体を隠すようにぎゅっと自分の腕を抱く。

「ちょっといろいろあるの」

「そ、そうか……」

「うん。そう」

そして、グラスを俺にぐいぐいぶいぶい押し付けてくる。

「だからヒッキー飲んで。ほら、飲んで飲んで」

「ちょ、やめて……。自分のペースがあるから……」

お酒でも何でも、個人差が存在する。アルハラという言葉を知らないのかよ。これもうモクハラですよモクハラ。まぁ、飲みますけど。飲んでいいなら飲みますけど。と、心中で早口に捲《まく》し立て、俺はカルーアＭＡＸをちびりと飲む。

「……美味《うま》いな」

自分で作ったくせに改めて感動してしまった。すると、由比ヶ浜《ゆいがはま》が呆《あき》れ交じりに笑う。

「ていうか、ヒッキーマッ缶飲みすぎじゃない？」

「マッ缶じゃない。カルーアＭＡＸだ」

「ほぼ同じだから。マッ缶好きすぎでしょ……」

今度こそ由比ヶ浜は完全に呆れていて、もはやちょっと引いている。

けれど、どんなに引かれたところで、どんどん惹かれていくのだから仕方がない。理由など問われたとて、答えは持ち合わせていないのだ。

それでも、解を述べよというのなら。

「しょうがないだろ。好きなもんは好きなんだから」

そんな、しょうもない言葉にしかならない。

由比ヶ浜はきょとんと目を瞬《しばたた》いていた。そして、やはり呆れたように、やれやれと諦めたように微笑《ほほえ》む。

「そっか。好きなんじゃ、しょうがないね」

由比ヶ浜はほんの数センチ、左側に移動して、その分だけ触れる面積が増えて、交わす熱量が上がっていく。

俺たちはただモクテルについての話をしていた。

そこに寓意があるかどうかなどわからない。

そういうことになっている。
未熟な想いも、未踏の距離も、未満の関係も。
きっと今だけ許されていて、今だけ認めることができる。
いつかは変わるとわかっているから。
だから。
今はまだ、紛い物の物語《モック・テイル》で構わない。

《続く》

あとがき

こんばんは、渡航《わたりわたる》です。

今日は珍しく、東京神田一ツ橋神保町小学館8階渡航ブースより、あとがきをお送りします。お気づきになられましたでしょうか。渡航ブース、5階から8階に引っ越しました。少しだけ高い位置になって少しだけ広くなりました。牢名主《ろうなぬし》はもらえる畳が増えるのと同じシステムなんだと思います。これまではただの囚人扱いでしたが、今や立派な牢名主。また新たな称号を手に入れてしまった……。今までにも多くの称号、あるいは肩書き、役職、役割を手にしてきたのですが、ぱっと思いつくものを列挙します。会社員、ライトノベル作家、脚本家、ゲームシナリオライター、プロデューサー、マスター、トレーナー、提督、先生、ドクター、支配人、囚人（小学館に収監・無期懲役）他にもいろいろ……。こいつ一生ゲームしてんな。

ですが、ごくたまーに、仮出所が許されるように、その肩書きから解放されることがあります。その時、世界はまた違った見え方をするものです。たとえば、「夜明けの神保町はこんなにも美しいのか……。これが真の自由……。これが真の帰宅か……」みたいな感じで。

おそらく誰しもにそうした瞬間は訪れるのだと思います。彼にも、彼女にも、彼らにも。

といったところで、『やはり俺の青春ラブコメはまちがっている。結』２でございました。

以下、謝辞。

ぽんかん⑧神。神、いわゆるゴッド。お疲れ様です。今回も神じゃん。俺ガイル、いつも何かが動いていて、本当にお世話になっております。今年もたくさん何かがあるぞ……。どうぞ引き続きよろしくお願いいたします。ありがとうございます。

担当編集星野様。ガハハ！　いや、もうほんと余裕ですわガハハ！　としか言いようがないくらい今回もガハってしまいました。次はほんとに余裕っす。今度は嘘《うそ》じゃないっす。お疲れ様です、ありがとうございます。ガハハ！

メディアミックス関連関係各位の皆様。ＴＶアニメやコミカライズ等々、多くの媒体でお世話になっております。アニメ10周年イヤーに突入とのことで、また諸々で大変お世話になります。こうして記念の年をお祝いできるのも皆様にご尽力いただいたおかげです。本当にありがとうございます。どうぞ引き続きよろしくお願いいたします。

そして、読者の皆様。いつも応援ありがとうございます。「俺ガイル結」を引き続き書いていけるのは皆様から温かな声援をいただけたからです。そのお声にお応えすべく、気力体力振り絞り、全力で頑張ります。お付き合いいただけますと幸いです。君がいるから俺ガイル！

といった感じで、今回はこのあたりで。また次の俺ガイルでお会いしましょう。

一月某日　カルーアＭＡＸを試しながら

渡　航

GAGAGA
ガガガ文庫

やはり俺の青春ラブコメはまちがっている。結 2
渡航

発行　2023年2月22日　初版第1刷発行
発行人　鳥光 裕
編集人　星野博規
編集　星野博規
発行所　株式会社小学館
〒101-8001 東京都千代田区一ツ橋2-3-1
［編集］03-3230-9343　［販売］03-5281-3556
カバー印刷　株式会社美松堂
印刷・製本　図書印刷株式会社

Printed in Japan　ISBN978-4-09-453061-2